봄비에 붓 적셔 복사꽃을 그린다

봄비에 붓 적셔 복사꽃을 그린다

콩밝 송학선의 한시산책

송학선 찍고 쓰다

지식노마드

군말

이보게 동무들아, 문향聞香놀이 하여 보세. 봄소식을 전해 오는 한사寒士로다 매향梅香이요. 청명清

明이라 답청踏青하며 이화梨花 도화桃花 연산홍 자산홍 왜철쭉 진달화 피었으니 방춘화류芳春花柳 찾아가자. 단오端

午라 수릿날에 화중왕花中王 모란牡丹은 향기香氣가 없다 하고, 향원익청香遠益清 연蓮꽃이라 꽃 중에 군자君子로다.

견우직녀牽牛織女 칠석七夕에는 능소화凌霄花가 피었구나. 중양절重陽節이 돌아오면 산수유山茱萸라 붉은 열매 주머

니에 따서 담고 동리하東籬下 오상고절傲霜孤節 황국黃菊 꽃을 따서 망우물忘憂物에 띄워 먹세. (2017)

4

잠자기 전 베갯머리에서 한시 한 수 읽기를 몇 해째 하고 있습니다. 잠도 잘 오고 꿈자리도 편하더군

요. "춘수춘흥수심천春愁春興誰深淺 봄 시름과 봄 흥취 어느 것이 더 깊을까."라는 시구를 만나고, "필함춘우사도화筆

含春雨寫桃花 봄비에 붓 적셔 복사꽃을 그린다."는 구절에 울컥하더니, "행화영락자규제杏花零落子規啼 살구꽃 진다,

접동이 운다."라는 구절에서는 그만 울음보가 터졌습니다.

옛 선비들의 격조야 어찌 넘보겠습니까만 제멋대로 시구를 고르고, 삶의 여행에서 만난 경물을 사진으로 담고, 또 제 말을 섞어 2015년 가을부터 《건치신문》에 작은 연재를 시작했습니다. 이제 막상 모아서 책으로 엮으려니 부끄럽기 짝이 없습니다. 어찌 되었든 경景은 정情으로 인해 아름답게 된다 했습니다. 부끄러움뿐 아니라 책 속 잘못도 다 제 몫입니다. 다만 이 사진과 시들이 여러분들 마음속 아름다운 추억 하나를 깨워 되살려 낼 수만 있다면 또 한 더 바랄 게 없지 싶습니다.

— 고반와考槃瓦에서 콩밝佺朴송학선宋鶴善

5

일러두기

- 한문은 우리 조상들이 사용하던 문자였기에, 한자가 쉬 눈에 들어오지 않는 분들을 위해 그냥 한글만 읽어도 느낌을 느낄 수 있다 싶어 한자 앞에 독음을 배치했습니다.
- 풀이가 시를 짓는 작가의 마음속을 짐짓 왜곡할 수밖에 없다는 생각에 읽는 분들이 찾아 느끼시라고 가능하면 직역하려고 노력했습니다.
- 한자 풀이, 풀이가 필요한 표현, 작가에 대한 설명, 전고나 고사에 대한 설명 등을 따로 배치하지 않고 그냥 이야기처럼 풀었습니다.
- 《건치신문》에 연재한 순서를 기본으로 이런저런 글들을 덧붙여 편집했습니다.
- 한시를 중심으로 사진을 배치하느라 촬영 시기나 위치 등 사진 정보는 생략했습니다.
- 한시 작가에 대한 설명 등은 여러 자료를 인용할 수밖에 없었으나 그 출처를 굳이 밝히지 않고 생략했습니다.

차례

8

저물녘에 바라보다

만망晩望
— 이규보李奎報

저물녘에 바라보다

이두조추후李杜啁啾後	이백과 두보가 노래한 뒤
건곤적막중乾坤寂寞中	하늘과 땅이 적막한 가운데
강산자한가江山自閑暇	강산은 절로 한가하여
편월괘장공片月掛長空	조각달을 넓은 하늘에 매달았구나.

날씨가 많이 서늘해졌습니다. 초승달 외로이 떠 있는 저녁 하늘을 바라보다가 문득 가을을 느낍니다. 소동파蘇東坡(송宋1037~1101)가 왕유王維(당唐699~759)의 그림에 부쳐 말했습니다. "시중유화詩中有畵요, 화중유시畵中有詩라. 시 속에 그림 있고, 그림 속에 시가 있다." 요즘 우리가 만들어 내는 쉬운 그림이 사진이지요. 저녁 하늘 올려다보시고 렌즈로 시 한 소절 담아 보세요.

이두李杜는 이백李白과 두보杜甫를 말합니다. 啁는 '조' 또는 '주'로 읽습니다. '새가 지저귐, 벌레가 욺, 또 그 소리'를 뜻하고 '비웃는다' 는 뜻도 있습니다. '조'일 때는 평성平聲 효운肴韻이고, '주'일 때는 평성平聲 우운尤韻입니다. 啾는 '울 추'입니다. 새 같은 것이 작은 소리로 우는 것을 뜻합니다. 떠들썩하다는 뜻도 있습니다. 그래서 조추啁啾는 '새가 욺, 또 그 소리'라, 이 시에서는 '시로 읊다, 노래하 다'로 풀었습니다.

건곤乾坤은 하늘과 땅이지요, 천지天地와 감여堪輿입니다. 적막寂寞은 쓸쓸하고 고요함이구요. 한가閑暇는 '바쁘지 않아 여유가 있음'입니다. 한가開暇로도 씁니다. 장공長空은 끝없이 넓고 먼 하늘이지요.

이규보(고려高麗1168의종毅宗22~1241고종高宗28)는 고려시대의 대표적인 문인이자 관료였습니다. 본관은 황려黃驪, 즉 여주 麗州이구요. 초명初名은 인저仁氐였습니다. 꿈에 문장을 관장하는 별인 규성奎星이 나타나 과거에 장원했다고 '규성의 은혜에 보답한 다'는 의미의 '규보奎報'로 개명改名했다 합니다. 자字는 춘경春卿이고, 호號는 백운거사白雲居士인데, 시와 술 그리고 거문고를 너무 좋아해서 삼혹호선생三酷好先生이라 불렸습니다. 시호諡號는 문순文順입니다.

이백(당唐701~762)의 자는 태백太白, 호는 청련거사靑蓮居士입니다. 출생지는 지금의 사천성四川省, 옛 촉나라의 장명현彰明 縣, 또는 더 서쪽의 서역西域으로 추정하고 있습니다. 두보와 함께 중국 역사상 가장 위대한 시인으로 꼽힙니다.

두보(당唐712~770)의 자는 자미子美, 호는 소릉야로少陵野老입니다. 시성詩聖이라 부르며, 그의 작품은 시사詩史라 부릅니다. 고통받는 민중들의 고단한 삶을 시로 묘사한 민중시인입니다.

소동파는 사천성 미산眉山 출생입니다. 자는 자첨子瞻이고, 호는 동파거사東坡居士이지요. 애칭愛稱으로 파공坡公 또는 파선坡 仙이라 부르기도 합니다. 이름은 식軾입니다. 소순蘇洵의 아들이며 소철蘇轍의 형으로 대소大蘇라고도 불립니다. 당송팔대가唐宋八 大家의 한 사람입니다. 그의 시는 철학적 요소가 짙어 새로운 시경詩境을 개척하였다고 평가받습니다.

왕유의 자는 마힐摩詰이며, 상서우승尙書右丞의 자리까지 벼슬이 올라갔기 때문에 왕우승王右丞이라고도 불렸습니다. 육조시대 六朝時代 궁정시인宮廷詩人의 전통을 계승한 시인이라 하여 장안長安 귀족사회에서는 칭찬과 존경도 받았다고 합니다.

돌아오는 길에 취해서 읊다

손장귀로취음孫庄歸路醉吟   손주의 농막에서 돌아오는 길에 취해서 읊다

— 신광수申光洙

취와고송하醉臥古松下   취해 늙은 소나무 아래 누워

앙간천상운仰看天上雲   하늘 위 구름을 올려다본다.

산풍송자락山風松子落   산바람에 솔방울 떨어진다.

일일추성문——秋聲聞   하나하나 가을 소리로 들린다.

장庄은 농막이니 시골의 별서를 이야기합니다. 앙간仰看은 '우러러본다'이니 '위로 올려다본'다는 뜻입니다.

　신광수(조선朝鮮1712숙종肅宗38~1775영조英祖51)는 자는 성연聖淵이고, 호는 석북石北, 오악산인五嶽山人 등을 씁니다. 첨지중추부사僉知中樞府事 호澔의 아들이구요. 글과 그림에 뛰어난 문명文名을 떨쳤습니다. 음보蔭補로 참봉參奉이 되고, 1764년 의금부도사義禁莩事로 탐라에 가서 그곳의 풍토, 산천, 조수鳥獸, 항해, 상황 등을 적어《부해록浮海錄》을 지었습니다. 연천현감漣川縣監을

거쳐 1772년 기로정시耆老庭試에 장원, 이 해 돈령부도정敦寧府都正이 되었으나, 노모老母를 모실 집 한 칸도 없는 사실이 알려져 왕으로부터 집과 노비를 하사받고, 1775년 승지承旨에 이르렀습니다. 특히 〈등악양루탄관산융마登岳陽樓嘆關山戎馬〉라는 과거급제 답안지가 방榜으로 나붙자 바로 널리 애송愛誦되어 전국의 교방敎坊에서 〈관산융마〉를 부르지 못하는 기생이 없을 정도였다고 합니다. 지금도 시창詩唱으로 불리고 있습니다.

지난 10월 21일은 음력 9월 9일 중양절重陽節이었습니다. 소설가이며 신화학자인 과인過人 이윤기李潤基 선생이 돌아가시고, 함께 어울리던 동무들이 양평 과인재過人齋에 모여 추모 행사를 한 지 벌써 5년이 됩니다. 묘소에서 음복한 낮술이 불콰해져서 과인이 심어 놓은 나무 밑에 잠시 누웠자니 "윤기潤基가 가고 없으니 세상에 윤기潤氣가 없어."라는 국화주에 취한 목소리가 들립니다. 그렇게 가을도 가고 있습니다.

서리를 비웃는다 동리하東籬下의 자태姿態더뇨.
소쩍새 울던 기억 기러기에 업혔구나.
노란 꽃잎 술에 띄워 마셔볼까 ᄒᆞ노라.
— 콩밝侄朴(2014)

산에 살며 생각나는 대로 읊다

산거만음山居謾吟

— 김홍도金弘道

문장경세도위누文章驚世徒爲累

부귀훈천역만로富貴薰天亦謾勞

하사산창잠적야何似山窓岑寂夜

분향묵좌청송도焚香黙坐聽松濤

문장이 세상을 놀라게 한들 다만 누가 될 뿐이고

부귀가 하늘에 닿아도 역시 그저 수고로울 뿐.

어찌 같으리오, 산창 산봉우리 적막한 밤에

향 피우고 말없이 앉아 솔바람 파도소리에 귀 기울임만.

늘그막에 뭐에 그리 매달려 있는지 병원 문도 닫지 못하고 헤매고 있는 제 모습에 하루하루가 마냥 답답하기만 합니다. 옛 의국 선후배들과 주말에 강릉에 다녀왔습니다. 경포호鏡浦湖 위를 날던 새들과 선교장船橋莊 솔밭이 며칠 계속 눈앞에 아른거립니다.

만음謾吟은 만음漫吟과 같습니다. 제목 없이 생각나는 대로 시를 읊는 걸 말합니다. 만謾에는 속이다, 게으르다, 넓다, 아득하다, 헐뜯다, 업신여기다, 친하여 무람없다 등의 뜻이 있습니다. 그러나 면謾으로 읽을 때는 '속이다, 교활하다'는 뜻이 됩니다. 도徒에는 무리, 동아리, 종, 일꾼, 걷다, 맨손, 징역, 다만 등의 뜻이 있습니다. 훈薰에는 향 풀, 향기롭다, 태우다, 솔솔 불다 등의 뜻이 있구요. 잠岑에는 '봉우리로 높다, 크다'의 뜻이 있습니다.

김홍도(조선朝鮮1745영조英祖21~1806순조純祖6)는 누구나 좋아하는 화가이지요. 본관은 김해金海랍니다.《맹자孟子》양혜왕장구상梁惠王章句上에 나오는 '무항산이유항심자無恒産而有恒心者 유사위능惟士爲能 일정한 재산이 없으면서도 한결같은 마음을 갖는 것은 오직 선비에게서만 가능합니다.'라는 구절에서 사능士能이란 자字를 얻었구요, 명明나라 문인화가 단원檀園 이유방李流芳(1575~1629)이 문사로서 고상하고 맑으며, 그림의 됨됨이 기이하고 아취 있음을 사모하였기 때문에 단원이란 호를 빌어 썼노라 스승인 표암豹菴 강세황姜世晃(1713~1791)이 전합니다. 그러나 김홍도가 공부하며 아끼고 좋아하던 남종화 교본《개자원화전芥子園畵傳》의 밑그림을 그가 그렸다고 믿었기 때문일 것이라고도 합니다. 그 외에 단구丹邱, 서호西湖, 고면거사高眠居士, 취화사醉畵士, 첩취옹輒醉翁 따위의 호를 사용한 걸 보면 술도 참 좋아하셨나 봅니다. 키도 크고 인물도 시원스레 잘생긴 데다 도량도 넓고 우스개도 잘하고 인품도 온화하고 따스한 사람이었답니다. 게다가 거문고에 피리도 잘 불고 시에 시조에 그림까지 잘 그렸으니 가히 신선 같은 사람이었나 봅니다.

술이라 하는 것이 어떻게 생긴 것이길래

술이라 ᄒᆞᄂᆞᆫ 거시 어이 ᄉᆡᆼ긴 거시완ᄃᆡ

一盃一盃 復一盃ᄒᆞ면 恨者ㅣ 雪 憂者ㅣ 樂에 掖腕者ㅣ 蹈舞ᄒᆞ고 呻吟者 嘔歌ᄒᆞ며 伯倫은 頌德ᄒᆞ고 嗣宗은 澆胸ᄒᆞ며 淵明

은 葛巾素琴으로 眄庭柯以怡顏ᄒᆞ고 太白은 接羅錦袍로 飛羽觴而醉月ᄒᆞ니

아마도 시름 풀기ᄂᆞᆫ 술만ᄒᆞᆫ 거시 업세라.

—《화원악보花源樂譜 551》

읽으실 만한가요? 숙종肅宗 대에 시작해 영조英祖, 정조正祖 시대를 거치며 조선성리학朝鮮性理學의 완성과 함께 조선중화朝鮮中華 사상과 진경산수眞景山水 시대가 열립니다. 우리 것을 그리고, 우리 것을 노래하며, 우리 문화를 꽃피우던 시기이지요. 그래서 시조時調와 가사歌辭 문학도 성행합니다. 우리 말글의 맛이니 좋았겠구요. 더구나 어려운 퍼즐 맞추기 같은 한시漢詩 작법作法의 까다로운 부담도 상당 부분 덜 수 있을 뿐 아니라 훨씬 많은 내용을 압축해 담을 수 있으니 이 또한 얼마나 좋았을까요?

초장初章은 이렇군요.

술이라 ᄒᆞ는 거시 어이 숨긴 거시완듸

술이라 하는 것이 어떻게 생긴 것이길래

그런데 중장中章을 읽기 위해서는 한시 몇 수를 먼저 읽어야 할 것 같습니다.

산중대작山中對酌   **산속에서 술잔을 마주하다**

— 이백李白

양인대작산화개 兩人對酌山花開   둘이 술 마신다, 산꽃은 피었다.

일배일배부일배 一盃一盃復一盃   한 잔 한 잔 또 한 잔.

아취욕면군차거 我醉欲眠君且去   나는 취해서 자려니 그대는 가시구려.

명조유의포금래 明朝有意抱琴來   낼 아침 생각 있거든 거문고 품고 오시오.

다시 중장中章을 읽어 보겠습니다.

一盃一盃 復一盃ᄒ면

일배일배一盃一盃 부일배復一盃하면

한 잔 한 잔 또 한 잔 하면

恨者ㅣ雪 憂者ㅣ樂에

한자恨者이 설雪 우자憂者이 락樂에

여기에서 설설이 문제군요. 설雪은 눈이란 뜻 외에 '누명이나 치욕을 벗다'라는 뜻이 있습니다. 그래서 '원한이 있는 사람은 원한을 풀고, 근심 있는 사람이 즐거워짐에'라고 읽을 수 있습니다.

扼腕者ㅣ蹈舞ᄒ고

액완자扼腕者이 도무蹈舞하고

팔짱 끼고 있던 사람이 좋아 날뛰고

呻吟者 嘔歌ᄒ며

신음자呻吟者 구가嘔歌하며

신음하던 사람이 노래 부르며

伯倫은 頌德ᄒ고

백륜伯倫은 송덕頌德하고

백륜伯倫은 유령劉伶의 자字입니다. 죽림칠현竹林七賢 중 한 사람이었던 유령은 천성이 술을 좋아하여 항상 술병을 차고 다녔습니다. 그리고 삽을 멘 시종을 데리고 다녔습니다. 죽으면 곧 그 자리에 묻어 달라구요. 그런 사람이니 당연히 주덕송酒德頌을 지어 술의 아름다움을 칭송했지요.

嗣宗은 澆胸ᄒ며

사종嗣宗은 요흉澆胸하며

사종嗣宗은 완적阮籍의 자입니다. 완적 역시 술 좋아하던 죽림칠현 중 한 사람이지요. 요흉澆胸은 '가슴에 물을 대다, 술을 마시다'라는 뜻입니다. 《세설신어世說新語》〈임탄任誕〉을 보면, "왕효백王孝伯이 일찍이 왕대王大에게 '완적은 사마상여司馬相如와 비교하여 주량이 어떤가?'라고 물으니, 왕대가 '완적의 가슴속에는 큰 돌무더기가 있기 때문에 반드시 술로써 이것을 씻어내었다.'고 대답했다."라는 글이 나옵니다.

淵明은 葛巾素琴으로 眄庭柯以怡顔ᄒ고

연명淵明은 갈건소금葛巾素琴으로 면정가이이안眄庭柯以怡顔하고

도연명은 갈건으로 술을 거르고 줄 없는 거문고로 뜻을 의탁하며 뜰 나뭇가지를 곁눈질하며 기쁜 얼굴을 하고

연명淵明은 도잠陶潛의 자입니다. 도연명은 갈건으로 술을 걸러 마시고 흥이 나면 줄 없는 거문고를 어루만지며 뜻을 의탁했다고 하지요. 갈건소금葛巾素琴을 풀기 위해 이백의 시를 한 수 더 읽겠습니다.

희증정율양戲贈鄭溧陽	율양 정사또에게 장난삼아 보내다
— 이백李白	

도령일일취陶令日日醉	도연명은 날이면 날마다 취하여
부지오류춘 不知五柳春	다섯 그루 버들에 봄 온 것도 몰랐다.
소금본무현 素琴本無絃	소박한 거문고에는 본래 줄이 없었고
녹주용갈건 漉酒用葛巾	술을 거르는 데는 갈건을 썼다.
청풍북창하 淸風北窓下	맑은 바람 불어오는 북쪽 창 아래서
자위희황인 自謂羲皇人	스스로 복희씨 시절의 사람이라 한다.
하시도율리 何時到栗里	언제쯤 밤나무골에 이르러
일견평생친一見平生親	평생 사랑하는 사람들을 한번 볼까나.

면정가이이안眄庭柯以怡顏은 도연명의 〈귀거래사歸去來辭〉에 나오는 구절로, '뜰 나뭇가지를 곁눈질하며 기쁜 얼굴을 한다'는 뜻입니다. 이참에 〈귀거래사〉도 다시 한 번 읽어 보시지요.

귀거래사歸去來辭

— 도연명잠陶淵明潛

귀거래혜歸去來兮여!

전원장무田園將蕪하니,

호불귀胡不歸오?

기자이심위형역旣自以心爲形役하니,

해추창이독비奚惆悵而獨悲오?

오이왕지불간悟已往之不諫하고,

지래자지가추知來者之可追라.

실미도기미원實迷塗其未遠하니,

각금시이작비覺今是而昨非로다.

주요요이경양舟搖搖以輕颺하고,

풍표표이취의風飄飄而吹衣로다.

문정부이전로問征夫以前路하니,

한신광지희미恨晨光之熹微로다.

내첨형우乃瞻衡宇하고,

재흔재분載欣載奔하니,

돌아가자꾸나!

시골에 잡초가 무성해지려 하니

어찌 돌아가지 않겠는가?

이미 스스로 마음이 먹고사는 데에만 매였으니

어찌 근심하며 홀로 슬퍼만 하겠는가?

이미 지나간 것은 바로잡지 못함을 깨달았고

나중에 오는 것은 고쳐갈 수 있음을 알았도다.

실로 길을 잃었으나 그것이 아직 멀지는 않았으니

오늘이 옳고 어제가 잘못되었음을 깨달았도다.

배는 흔들흔들 가벼이 떠오르고

바람은 한들한들 옷자락을 날리도다.

길가는 이에게 앞길을 물으니

도중에 날이 저무는 것이 한스럽도다.

이윽고 누추한 집을 바라보고

문득 기뻐 뛰어가니

동복환영 僮僕歡迎하고,

치자후문 稚子候門이라.

삼경취황 三徑就荒이나,

송국유존 松菊猶存이라.

휴유입실 携幼入室하니,

유주영준 有酒盈樽일세.

인호상이자작 引壺觴以自酌하고,

면정가이이안 眄庭柯以怡顔이라.

의남창이기오 倚南窓以寄傲하니,

심용슬지이안 審容膝之易安이라.

원일섭이성취 園日涉以成趣하고,

문수설이상관 門雖設而常關이라.

책부노이류게 策扶老以流憩라가,

시교수이가관 時矯首而遐觀하니,

운무심이출수 雲無心以出岫하고,

주권비이지환 鳥倦飛而知還이라.

경예예이장입 景翳翳以將入하니,

무고송이반환 撫孤松而盤桓이로다.

심부름꾼 아이는 반갑게 맞이하고

어린것들은 문에서 기다린다.

정원은 거칠어졌건만

소나무와 국화는 아직도 있구나.

아이들에 끌려 방에 들어가니

술이 항아리에 가득하다.

술병과 잔 끌어다 혼자서 따르고

정원 나뭇가지들 돌아보며 기쁜 얼굴을 짓는다.

남녘 창에 기대어 가슴 뿌듯이 서 있으니

무릎이나 들일 만한 곳의 편안함을 알겠다.

정원을 매일 거닐어 취미로 삼으니

문이야 있지만 늘 잠겨 있다.

지팡이를 짚고 가다가 쉬기도 하고

때로 머리 들어 멀리 바라보니,

구름은 무심히 산 너머 떠오르고

날기에 지친 새는 돌아올 줄 아는구나.

햇살은 어둑어둑 들어가려 하는데

홀로 선 소나무 짚고서 서성인다.

28

귀거래혜歸去來兮여!

청식교이절유請息交以絶遊라.

세여아이상위世與我而相違하니,

부가언혜언구復駕言兮焉求리오?

열친척지정화悅親戚之情話하고,

낙금서이소우樂琴書以消憂로다.

농인고여이춘급農人告余以春及하니,

장유사우서주將有事于西疇로다.

혹명건거或命巾車하고,

혹도고주或棹孤舟하여,

기요조이심학旣窈窕以尋壑이요,

역기구이경구亦崎嶇而經丘로다.

목흔흔이향영木欣欣以向榮하고,

천연연이시류泉涓涓而始流라.

선만물지득시羨萬物之得時하니,

감오생지행휴感吾生之行休로다.

이의호已矣乎라.

우형우내부기시寓形宇內復幾時리오?

돌아가자꾸나!

사귐도 어울려 노는 것도 이젠 그치리.

세상과 나는 서로 어긋나기만 하니

다시 멍에에 매여 무엇을 구하리오?

친척들과 정다운 이야기를 기뻐하고

거문고와 책을 즐기며 시름을 달래노라.

농부가 나에게 봄이 왔음을 알리니

장차 서쪽 밭에 일이 있으리로다.

때론 천막 두른 수레를 몰고

때론 홀로 배를 노 저어서

그윽하고 고요한 골짜기를 찾고

또 험악한 산길로 언덕을 지나는구나.

나무들은 즐거운 듯 꽃을 피우려 하고

샘물은 졸졸 흐르기 시작한다.

만물이 때를 만남을 부러워하면서

나의 생은 갈수록 끝남을 느끼는도다.

그만두어라!

형체를 우주 안에 붙여둠이 다시 얼마나 되리?

갈불위심임거류曷不委心任去留하고,

호위호황황욕하지胡爲乎遑遑欲何之오?

부귀비오원富貴非吾願이요,

제향불가기帝鄉不可期라.

외양신이고왕懷良辰以孤往하고,

혹식장이운자或植杖而耘耔라.

등동고이서소登東皐以舒嘯하고,

임청류이부시臨淸流而賦詩라.

요승화이귀진聊乘化以歸盡하니,

낙부천명부해의樂夫天命復奚疑아!

어찌 가고 머무는 대로 마음을 맡기지 않겠는가?

무엇 때문에 허둥지둥 어디를 가고자 하겠는가?

부귀는 내가 원하는 것이 아니요,

임금 계신 곳이야 기대할 수 없어라.

좋은 시절 품고서 홀로 나아가

지팡이 꽂아 두고 김매리라.

동녘 언덕에 올라 조용히 풍월을 즐기고,

맑은 물에 이르러 시를 짓노라.

변화에 의지해 다함으로 돌아가리니

저 천명을 즐길 뿐 다시 무엇을 의심하랴!

30

시조 중장中章 계속 읽습니다.

太白은 接羅錦袍로 飛羽觴而醉月ᄒ니

태백太白은 접라금포接羅錦袍로 비우상이취월飛羽觴而醉月하니

이백은 비단 도포를 입고 술잔 날리며 달에 취하니

태백太白은 이백李白의 자입니다. 접라금포接羅錦袍는 '비단 도포를 입고'라는 뜻이구요. 비우상이취월飛羽觴而醉月 역시 〈춘야연도리원서春夜宴桃李園序〉에 나오는 구절로, '술잔 날리며 달에 취하다' 또는 '새 모양의 술잔을 주고받으며 달 아래 취하다'라는 뜻입니다.

춘야연도리원서春夜宴桃李園序
— 이백李白

부천지자夫天地者는 만물지역여萬物之逆旅요 광음자光陰者는 백대지과객百代之過客이라. 이부생이浮生이 약몽若夢하니 위환爲歡이 기하幾何오. 고인古人이 병촉야유秉燭夜遊는 양유이야良有以也라. 황양춘況陽春이 소아이연경召我以煙景하고 대괴大塊가 가아이문장假我以文章이라. 회도리지방원會桃李之芳園하여 서천륜지락사序天倫之樂事하니 군계준수群季俊秀는 개위혜련皆爲惠連이어늘 오인영가吾人詠歌는 독참강락獨慚康樂가. 유상幽賞이 미이未已에 고담高談이 전청轉淸이라. 개경연이좌화開瓊筵以坐花하고 비우상이취월飛羽觴而醉月하니 불유가작不有佳作이면 하신아회何伸雅懷리오. 여시불성如詩不成이면 벌의금곡주수罰依金谷酒數하리라.

봄날 밤 도리원 연회에서 지은 시문의 앞글

무릇 천지라는 것은 만물을 맞이하는 여관이요, 시간이라는 것은 긴 세월을 거쳐 지나가는 나그네라. 덧없는 인생 꿈과 같으니, 즐긴다 해도 얼마나 되겠는가? 옛사람들이 촛불 들고 밤에도 노닌 것은 진실로 까닭이 있었구나. 하물며 따뜻한 봄날이

안개 낀 아름다운 경치로 나를 부르고, 천지가 나에게 문장을 빌려주었음에야! 복사꽃 오얏꽃 핀 향기로운 뜰에 모여 천륜의 즐거운 일을 펼치니, 여러 아우들의 글솜씨가 빼어나 모두 혜련이거늘. 내가 읊은 시만이 강락에게 부끄러워서야 되겠는가? 그윽한 감상이 아직 끝나지 않았는데 고상한 담론은 점점 맑아진다. 화려한 잔치를 벌여 꽃 사이에 앉아 새 모양의 술잔을 주고받으며 달 아래 취하니, 아름다운 글이 없으면 어찌 고아한 심정을 드러낼 수 있겠는가? 만약 시를 짓지 못하면 그 벌은 금곡의 벌주 수에 따르리라.

이제 거의 다 풀었습니다. 종장終章은 쉽군요.

　　아마도 시름 풀기논 술만흔 거시 업세라
　　아마도 시름 풀기는 술만한 것이 없어라

　　오늘도 친구랑 술 마시러 갑니다.

언니를 보내며

송형送兄
— 칠세여자七歲女子

별로운초기別路雲初起

이정엽정비離亭葉正飛

소차인이안所嗟人異鴈

부작일행귀不作一行歸

헤어지는 길엔 구름이 막 일고

이별하는 정자엔 나뭇잎 바로 날린다.

탄식하는바, 사람은 기러기와 달라

한 줄 지어 돌아가지도 못하는구나.

차此는 칠세여자송형지시야七歲女子送兄之詩也라. 협로峽路에 초기지운初起之雲은 여별한지애울如別恨之藹鬱하고 산정山亭에 난비지엽亂飛之葉은 여리정지처량如離情之凄凉이라. 차호嗟乎라. 피안彼鴈은 일행一行이 횡사운단이동귀橫斜雲端而同歸어늘 나하奈何로 아我는 형제분리兄弟分離하야 여안지불여호如鴈之不如乎아. 칠세여자七歲女子로 속문정묘屬文精妙하고 사정절긴寫情切緊하니 가위한유여자야可謂罕有女子也로다.

이는 일곱 살 난 계집아이가 언니를 보내는 시라. 산골짝 길에 처음 일어나는 구름은 마치 애울한 이별의 한 같고 산골 정자에 어지럽게 날리는 잎은 마치 처량한 이별의 정 같으니라. 아, 슬프다. 저 기러기는 일행이 구름 끝에 비껴 같이 돌아가거늘 어찌하여 나는 형제가 나뉘어져 기러기 같지 않는가? 일곱 살 여자로 문구를 얽어서 글을 지음이 정교하고, 보거나 느낀 실정을 그대로 그려 냄이 긴요하고 절실하니 가히 드물게 있는 계집아이라 하겠다.

《오언당음五言唐音》이란 책에 서른네 번째로 실린 시입니다. 오언칠언당음五言七言唐音을 손주 녀석을 생각하며 할아비가 '당음唐吟'이란 제목으로 틈틈이 풀고 있습니다. 글쎄요, 녀석이 나중에 좋아할지는 모르겠습니다.

섣달 그믐날의 밤샘

수세守歲
— 장열張說

섣달 그믐날의 밤샘

고세금소진故歲今宵盡   묵은해는 오늘 밤에 다 가고

신년명단래新年明旦來   새로운 해 밝은 아침이 온다.

수심수두병愁心隨斗柄   근심은 북두칠성 따라 보내고

동북망춘회東北望春回   동북으로 봄이 돌아오기를 바라노라.

차此는 제야지시야除夜之詩也라. 차석此夕에 달야達夜를 위지수세謂之守歲라. 고세지삼백육십일故歲之三百六十日이 이진어금야已盡於今夜하고 신년지삼백육십일新年之三百六十日은 시래어명조始來於明旦하니 차此는 신구교환지야야新舊交換之夜也라. 한수일야거寒隨一夜去하고 춘축오경래春逐五更來하야 두병斗柄이 점지어동방고漸指於東方故로 인지만복수심人之滿腹愁心이 역수지이이亦隨之而已라.

이는 제야除夜의 시라. 이 밤에 밤샘을 수세守歲라 하니라. 지난해 삼백육십 일이 오늘 밤에 다하고 새해 삼백육십 일이 내일 아침에 시작하니 새로운 것과 옛것이 교환하는 밤이라. 추위는 하룻밤을 따라가고 봄이 새벽을 쫓아오리니 북두칠성이 점점 동쪽을 가리키는 까닭으로 사람 뱃속 가득한 수심이 또한 이것을 따라가리라.

《당음唐吟》마흔일곱 번째 시가 마침 섣달 그믐날에 밤샘하는 시라 한 해를 보내며 이 시를 소개합니다. 당나라 풍속이 우리랑 그리 다르지 않았군요. 저희 어릴 적만 해도 섣달 그믐날 신발 감추고 날밤을 샜지요. 자면 눈썹 센다고.

힘들고 어려운 한 해를 또 보냅니다. 아무쪼록 고통과 시름 다 날려 보내고 힘찬 새해 맞으시기 바랍니다.

호숫가 정자와 새벽길

강취죽극성〈호정〉시姜醉竹克誠〈湖亭〉詩 "강일만미생江日晚未生, 창망십리무蒼茫十里霧. 단문유노성但聞柔櫓聲, 불견주행처不見舟行處." 여초저작불식기미余初咀嚼不識其味, 상우강정嘗寓江亭, 일일조기개창一日早起開窓, 대무만공大霧漫空, 조일도휘朝日韜輝, 불식행주不識行舟, 단문알알지성但聞戛軋之聲, 시각기설경핍진始覺其說景逼眞.

권석주필〈효행〉시權石洲韠〈曉行〉詩 "안명강월세鴈鳴江月細, 효행노위간曉行蘆葦間. 유양거안몽悠揚據鞍夢, 홀복도가산忽復到家山." 여기기운어余奇其韻語, 미득기취未得其趣. 상향춘천嘗向春川, 숙청평파宿青平坡, 효행시치구월염후曉行時值九月念後, 연강일로沿江一路, 진시노위盡是蘆葦, 효월여미曉月如眉, 독안규군獨鴈叫群, 신마수편信馬垂鞭, 차행차수且行且睡, 시각기모사여화始覺其模寫如畵. 양공시가兩公詩價, 대경익고對景益高.

취죽醉竹 강극성姜克誠의 〈호숫가 정자〉란 시에 이런 시구가 있다.

강일만미생江日晚未生　　　　　강에는 해가 늦도록 돋지 않고

창망십리무蒼茫十里霧　　　　　아득한 십 리에 안개.

단문유노성但聞柔櫓聲　　　　　　부드럽게 노 젓는 소리만 들릴 뿐
불견주행처不見舟行處　　　　　　배 가는 곳은 보이지 않는다.

나는 처음 씹어도 그 맛을 알지 못했는데, 일찍이 강가 정자에서 머무르다가 하루는 일찍 일어나 창을 열었다. 짙은 안개가 하늘에 넘치고 아침 해가 감추어 비치었다. 배가 가는 것을 알지 못하겠는데 다만 삐거덕 삐거덕 소리만 들리는지라, 비로소 그 경치를 말함이 핍진逼眞함을 알겠더라.

43

석주石洲 권필權韠의 〈새벽길〉이란 시에는 이런 구절이 있다.

안명강월세雁鳴江月細　　　　　　기러기 울음에 강 달은 가늘고
효행로위간曉行蘆葦間　　　　　　갈대숲 사이로 새벽길 간다.
유양거안몽悠揚據鞍夢　　　　　　말안장에 걸터앉은 아득한 꿈에
홀복도가산忽復到家山　　　　　　어느새 고향집에 다다랐구나.

나는 그 음운과 어구의 기이함에 그 맛을 몰랐다. 일찍이 춘천을 가다가 청평 둑에서 묵었는데, 새벽길이 아마 9월쯤이었던 것 같다. 강가 길에 죄다 갈대인데 새벽달은 눈썹 같고 기러기가 떼 지어 울었다. 홀로 말을 믿고 채찍을 드리운 채 가며 졸며 하다가 비로소 마치 그림을 모사한 것 같음을 깨달았다.
두 양반의 시의 가치는 경치를 대해야 높은 품격이 더해진다.
　　　　　　　　　　　　　　　　　　　　　　　　　　　　　－《소화시평小華詩評》

강극성(조선朝鮮1526중종中宗21~1576선조宣祖9)의 자는 백당伯棠 또는 백실伯實이며, 호는 취죽醉竹, 본관은 진주晉州입니다. 명종明宗 때에 과거에 급제하여 사가독서당賜暇讀書堂에 선발되었고, 중시重試에 급제했습니다. 〈호정湖亭〉이 허균許筠의《국조시산國朝詩刪》에는 '호정조기우음湖亭朝起偶吟 호숫가 정자에서 아침에 일어나 우연히 읊다'란 제목으로 실려 있습니다. 도휘韜輝는 '감추어 빛나다'는 뜻입니다. 핍진逼眞은 '실물實物과 흡사함'을 말합니다.

　권필(조선朝鮮1569선조宣祖2~1612광해군光海君4)의 자는 여장汝章, 호는 석주石洲입니다. 뜻이 크고 기개가 있어 벼슬을 하지 않았습니다. 시 때문에 광해군光海君 때에 원통하게 죽음을 맞았지요. 인조仁祖 때에 지평持平으로 추증됐습니다. 〈효행曉行〉이《석주집石洲集》에는 '강구조행江口早行 강어귀 새벽길'이란 제목으로 실려 있습니다. 연강沿江은 강가에 있는 땅, 강줄기를 따라 벌여 있는 땅, 연하沿河를 이야기합니다.

　《소화시평》은 홍만종洪萬宗(조선朝鮮1643인조仁祖21~1725영조英祖1)이 상고上古 시대부터 저자 당대에 이르기까지 우리나라의 시를 정리하고 품평한 시화詩話입니다.

환갑이 되던 해, 문득 무언가 하고 싶던 일을 다시 해 봐야겠다는 생각이 들었습니다. 마침 치과 가까운 곳에 국악당과 예술의전당이 있어 전통공연예술진흥재단 문화학교에서 거문고를 배우기 시작했고, 예술의전당 서예박물관을 찾아 문인화文人畵를 시작했습니다. 그리고 선생님의 동의를 구하고 거문고와 문인화에 어울리는 한시 한 소절을 수업 전에 간단히 동학同學들과 읽기 시작했습니다. 이《소화시평》에 실린 글도 문인화 시간에 읽을 겁니다. 이젠 모두들 재미있어 합니다. 덕분에 저도 공부 많이 하고 있구요. 예술의전당 서예박물관 서예교실과 국악당 문화학교를 강력 추천합니다!

아롱어롱 달을 바라보노라

《오언당음五言唐音》당음唐吟에서 성당盛唐으로 넘어가 이백의 시를 풀다가 궁궐의 여인이 임금의 총애를 바라고 대궐 안 섬돌에 우두커니 서서 밤 깊은 줄 모르는 채 하염없이 기다리는데 이슬이 내려 비단 버선을 적신다는 〈옥계원玉階怨〉이란 시를 만났습니다.

옥계원玉階怨

— 이백李白

옥계생백로玉階生白露

야구침나말夜久侵羅襪

각하수정렴却下水晶簾

영롱망추월玲瓏望秋月

섬돌 한탄

옥 계단에 흰 이슬 생겨나

밤은 오래라 비단 버선 적셔온다.

물러나 수정 발 내리고

아롱어롱 가을 달을 바라보노라.

궁인宮人이 망행望幸하야 저립옥계佇立玉階하야 불각야심이백로생의不覺夜深而白露生矣라 생자유의生字有意라. 인나말지로침이지시야구因羅襪之露侵而知是夜久하야 우시옥계于是玉階에 불능저립의不能佇立矣라. 각편입실이겁한기지침인고却便入室而怯寒氣之侵人故로 파렴방하把簾放下하고 지욕취수只欲就睡라가 각우불인편수却又不忍便睡하야 의착렴아倚着簾兒하고 종렴극중從簾隙中하야 망영롱지월즉망행지정望玲瓏之月則望幸之情이 유부절야猶不絕也라. 수불언원이자자시원雖不言怨而字字是怨이라.

궁궐의 여인이 임금의 총애를 바라고 대궐 안 섬돌에 우두커니 서서 밤 깊은 줄 모르는데 흰 이슬이 생겼다 하니 '생生' 자가 의미가 있음이라. 비단 버선에 스며드는 이슬로 밤이 오랜 줄 알아 섬돌에 우두커니 서 있지 못하고 물러나 방에 들었다. 찬 기운이 사람에게 스민 게 겁이 난 까닭으로 발을 잡아 늘어뜨리고 잠을 이루려고 하였다가 편히 잠자는 것을 물리치고 참지 못하여 발에 기대어 발 사이를 좇아 영롱한 달을 바라보니 총애를 바라는 정이 오히려 끊이지 않음이라. 비록 원망을 말하지 않으나 글자 글자마다 곧 원망이라.

옥계玉階는 대궐 안 섬돌을 말합니다. 궁인宮人은 나인이지요. 행幸은 총야寵也, 즉 임금의 은혜를 말합니다. 저립佇立은 우두커니 서 있는 거구요. 여기에서 영롱玲瓏은 원래 아롱아롱한 옥 소리일 텐데요, 빛이 구슬처럼 맑고 아름답다는 뜻이겠지요. 그러나 저는 눈에 눈물 고인 채 달을 바라보는 것이라 풀었습니다.

　김소월金素月의 〈원앙침鴛鴦枕〉도 읽어 보겠습니다.

바드득 이를 갈고

죽어 볼까요.

창憲가에 아롱아롱

달이 비친다.

눈물은 새우잠의

팔굽 베개요

봄 꿩은 잠이 없어

밤에 와 운다.

두동달이 베개는

어디 갔는고.

언제는 둘이 자던 베갯머리에

'죽자 사자' 언약도 하여 보았지.

봄 메의 멧기슭에

우는 접동도

내 사랑 내 사랑

좋이 울것다.

두동달이 베개는

어디 갔는고.

창^窓가에 아롱아롱

달이 비친다.

역시 아롱아롱 비치는 달은 눈에 눈물이 고여 있기 때문입니다. 이영훈 작사 작곡에 이문세가 부른 〈옛사랑〉이란 노래에 이런 구절이
나옵니다.

흰 눈이 내리면 들판을 서성이다

옛사랑 생각에 그 길 찾아가지.

광화문 거리 흰 눈에 덮여 가고

하얀 눈 하늘 높이 자꾸 올라가네.

바람이 솟구쳐 눈이 하늘로 올라갈 수도 있지요. 그러나 저는 역시 행간에 눈물이 감추어져 있다고 보고 있습니다. 흐르는 눈물을 삼키려고 고개를 들어 하늘을 보는 겁니다.

벌써 몇 년 전 일이 되었습니다만 친구들과 술 한잔하며 즐겁게 세상사 요점정리하는 '어른의 학교'에서 과인過人 이윤기李潤基 선생은 유랑극단 춤꾼 소녀의 비애를 그린 '북채로 얻어맞고 하늘을 보니 나처럼 울고 있는 듯한 낮달……' 이렇게 넘어가는 한국계 엔카 가수 미소라 히바리의 노래를 듣다가는 아내를 안고 그만 펑펑 울어 버렸다는 이야기를 가끔 했습니다. 역시 눈물을 삼키기 위해 하늘을 보니 마침 낮달이 어룽어룽 나처럼 울고 있다 생각했겠지요.

예나 지금이나 소리 내어 펑펑 우는 것보다 울음을 삼키는 모습이 더 가슴을 짠하게 흔드나 봅니다.

쥐불에 익은 달님 아롱어룽 흔들릴 제
목멘 눈물 삼키느라 고개 들어 하늘 보니
낮게 드린 검은 구름에 솟구치는 편편설片片雪.
— 콩밝倥朴(2016)

모래톱에 내려앉는 기러기

송적팔경도宋迪八景圖 중中 **평사낙안**平沙落雁 모래톱에 내려앉는 기러기

— 이인로李仁老

수원천장일각사水遠天長日脚斜 물 멀고 하늘 높고 해는 기슭에 기우는데

수양정안하정사隨陽征鴈下汀沙 따뜻한 곳 따라 찾아온 기러기 모래톱에 내린다.

행행점파추공벽行行點破秋空碧 줄줄이 점으로 깬 가을 하늘 푸른데

저불황로동설화低拂黃蘆動雪花 누른 갈대 낮게 스쳐 눈꽃을 흔든다.

각脚은 다리나 바탕이란 뜻인데 여기서는 기슭이란 뜻으로 쓰였습니다. 행행行行은 강건剛健한 모양, 쉬지 않고 가는 모양을 나타낸 첩어疊語입니다. 설화雪花는 말 그대로 눈꽃인데, 이 시에서는 눈처럼 하얀 갈대꽃을 말하겠지요?

〈송적팔경도宋迪八景圖〉는 송나라 화가 송적宋迪의 〈소상팔경도瀟湘八景圖〉에 이인로(고려高麗1152의종毅宗6~1220고종高宗7)가 화제시畵題詩를 쓴 것입니다.

우리나라에서도 고려시대부터 그리기 시작한 〈소상도瀟湘圖〉는 중국 호남성湖南省 동정호洞庭湖 남쪽에 있는 소수瀟水와 상수湘水가 합치는 지역을 그린 그림입니다. 얼마나 경치가 좋던지 예부터 시인 묵객들의 발길이 끊이지 않던 곳이라는군요. 특히 어슴푸레한 안개와 함께 펼쳐지는 풍광을 여덟 개의 주제로 나누어 그린 그림을 〈소상팔경도〉라 부릅니다.

예전에는 집집마다 갈대숲 사이로 기러기 내려앉는 병풍 그림이 하나씩 있었습니다. 바로 〈소상팔경도〉 중 평사낙안平沙落鴈입니다. 이 평사낙안 외에 산시청람山市晴嵐, 연사모종煙寺暮鐘, 원포귀범遠浦歸帆, 어촌석조漁村夕照, 소상야우瀟湘夜雨, 동정추월洞庭秋月, 강천모설江天暮雪이 있어 8경입니다.

사실 팔경구곡八景九曲 문화는 중국에서 시작되어 동아시아 중세 문화 형성에 결정적인 역할을 하였습니다. 이 문화는 고려와 조선시대에 전래되어 사대부들의 자연관과 전통 문화경관 인식을 형성하는 데 결정적인 영향을 미칩니다. 또 이것은 시서화詩書畫 등의 문화예술 형식을 빌어 발전하기 시작했으며, 중세 동아시아에서는 팔경구곡이 없는 곳이 없을 정도로 그 문화는 찬란한 꽃을 피웠습니다. 지금도 이 문화는 명맥이 끊이지 않고 이어져 오는 격조 있는 귀중한 문화유산입니다.

그러나 무분별한 자연 개발과 환경 파괴, 토목 지상주의자들 덕분에 팔경구곡 문화가 제대로 평가받기도 전에 다 사라질 지경에 이르렀습니다. 한번 파괴되면 회복이 불가능한 팔경구곡 문화의 보존은 우리가 새롭게 접근해야 할 가치가 아닌가 싶습니다. 팔경구곡 산수문화山水文化에도 관심을 기울여 주실 것을 부탁드립니다.

앞에 한 항아리 술 두고 부르는 노래

전유일준주행前有一樽酒行 기이其二
— 이백李白

앞에 한 항아리 술 두고 부르는 노래 2

금주룡문지록동琴奏龍門之綠桐

용문의 푸른 오동나무 거문고 연주에

옥호미주청야공玉壺美酒清若空

옥 단지 좋은 술은 맑기가 하늘 같다.

최현불주여군음催弦拂柱與君飮

기러기발을 치켜세우고 현을 재촉하며 그대와 술 마시니

간주성벽안시홍看朱成碧顔始紅

혼란하고 어지러워 얼굴이 붉어진다.

호희모여화胡姬貌如花

예쁜 아가씨 얼굴은 꽃 같은데

당로소춘풍當壚笑春風

주막에서 봄바람에 미소 짓는다.

소춘풍笑春風

봄바람 미소

무라의舞羅衣

비단옷 춤

군금불취장안귀君今不醉將安歸

그대 지금 취하지 않고 어찌 돌아가려는가?

행行은 한시漢詩의 한 체體입니다. 비파행琵琶行, 단가행短歌行 등으로 익숙하지요. 저는 가끔 타령으로 풀곤 합니다. 용문지록동龍門之綠桐, 용문의 푸른 오동나무가 유명한가 봅니다. 오동나무로 거문고의 앞판을 만들지요. 최현불주催弦拂柱는 '기러기발을 치켜 세우고 현을 재촉하여'라는 뜻이니 거문고를 연주한다는 뜻이겠지요. 간주성벽看朱成碧은 '붉은 것을 보고 푸른 것을 이루니, 마음이 혼란하고 어지러워 오색五色을 구분하지 못함'을 말합니다.

로로爐는 흑토黑土이니 검은 석비레나 화로, 향로라는 뜻 외에 주막 술집이란 뜻이 있습니다. 목로木爐주점이라고 할 때 목로는 선술집에서 술잔을 벌여 놓는 널빤지로 만든 좁고 기다란 상을 말합니다. 안安은 의문대사로 언焉과 같습니다. 사물이나 장소 및 인물 등을 물으며 무엇, 어디, 어떤 사람, 누구 등으로 해석합니다. 그리고 부사로서 상황이나 원인을 묻거나 반문을 나타내며 '어찌, 어떻게, 어째서'라고 해석합니다. 또 접속사로 쓰일 때는 앞뒤 문장이 연속해서 이어짐을 나타내며, 내乃, 어시於是와 같고 '그래서, 곧, ~하면, 이윽고' 등으로 해석합니다.

오랜만에 반가운 친구 만났는데 도서관 간다고 뿌리치는 놈이나, 예쁜 아가씨가 봄바람 같은 미소로 춤을 추며 맑고 향기로운 술을 권하는데 돌아간다고 일어서는 놈이나 독하기는 매일반이지요. 정말 봄 같은 세상이 와서 친구들이랑 술 한잔 편한 마음으로 나누고 싶습니다.

이른 봄에

조춘早春

— 백거이白居易

이른 봄에

설산인화기雪散因和氣   온화한 기운에 눈 흩어져

빙개득난광氷開得暖光   얼음 풀리고 따스한 빛 비친다.

춘소부득처春銷不得處   봄인데도 녹지 않은 곳은

유유빈변상唯有鬢邊霜   오직 귀밑머리에 서리뿐이구나.

소銷는 '녹이다, 다하여 없어지다'는 뜻입니다. 백거이(당唐772대종代宗7~846무종武宗6)는 자가 낙천樂天이고, 호는 취음선생醉吟先生, 향산거사香山居士입니다. 늙어서는 술과 시와 거문고를 벗하며 살았던 사람입니다. 다작多作 시인으로 알려져 있으며, 현존하는 문집은 71권, 작품은 총 3,800여 수로 당대唐代 시인 가운데 최고 분량을 자랑합니다.

젊은 나이에 신악부新樂府 운동을 전개하여 사회, 정치의 실상을 비판하는 이른바 풍유시諷諭詩를 많이 지었으나, 강주사마江州司馬로 좌천되고 나서는 일상의 작은 기쁨을 주제로 한 한적시閑適詩의 제작에 초점을 맞추었습니다. 이밖에도 평소 둘도 없는 친구였던 원진元稹, 유우석劉禹錫과 지은 〈장한가長恨歌〉〈비파행琵琶行〉 등의 감상시도 유명하지요. 백거이가 마흔다섯 살에 지은 〈비파행〉은 그를 당에서 가장 뛰어난 시인으로 꼽히게 하였으며, 또 현종玄宗과 양귀비楊貴妃의 사랑을 노래한 장시 〈장한가〉도 당시 장안의 자랑거리일 정도로 유명했다고 합니다.

백거이는 평이창달平易暢達, 그러니까 짧은 문장으로 누구든지 쉽게 읽을 수 있는 것을 중시하는 시풍詩風에 변함이 없었습니다. 북송北宋의 석혜홍釋惠洪이 지은 《냉재시화冷齋詩話》 등에 보면, 백거이는 시를 지을 때마다 글을 모르는 노인에게 자신이 지은 시를 읽어 주면서, 노인이 이해하지 못하는 부분이 있으면 평이한 표현으로 바꿨다고 합니다. 이렇게 지어진 그의 시는 사대부 계층뿐 아니라 기녀, 목동 같은 신분이 낮은 사람들에게까지 애창되는 시가 되었습니다.

백거이의 지우였던 원진은 백거이의 문집 《백씨장경집白氏長慶集》 서문에서, "계림鷄林의 상인이 백거이의 글을 저자에서 절실히 구하였고, 동국東國의 재상은 번번이 많은 돈을 내고 시 한 편을 바꾸었다."고 하여, 당시 백거이의 글이 신라에까지 알려져 있었음을 알 수 있습니다. 백거이는 810년에 당 헌종憲宗이 신라의 헌덕왕憲德王에게 보내는 국서를 황제를 대신해 지었으며, 821년에서 822년 사이에 신라에서 온 하정사賀正使 김충량金忠良이 귀국할 때 목종穆宗이 내린 제서도 그가 지었습니다. 그러니 당시 백거이의 글이 신라에까지 유행했다는 주장이 사실이었음을 알 수 있습니다.

더구나 신라시대에는 통역사가 필요 없이 당나라 사람들과 말이 통했다고 하고, 지금 중국말보다 우리가 읽는 한자의 음이 당나라 시대 발음과 더 가깝다고 하니, 부디 겁내지 마시고 한시를 즐길 일입니다.

봄날

춘일春日   봄날

— 서거정徐居正

금입수양옥사매金入垂楊玉謝梅   금빛은 실버들에 들고 옥빛은 매화를 떠나는데

소지신수벽어태小池新水碧於苔   작은 못의 새 물은 이끼보다 푸르다.

춘수춘흥수심천春愁春興誰深淺   봄 시름과 봄 흥취 어느 것이 더 깊을까?

연자불래화미개燕子不來花未開   제비도 오지 않고 꽃도 아직 피지 않았다.

수垂는 '드리우다'는 뜻이구요, 사謝는 '물러나다, 사례하다, 용서를 빌다'는 뜻입니다. 어於는 어조사로 '~보다'는 비교격, '~에서'는 처소격, '~를'은 목적격, '~에게'는 여격입니다. 심천深淺(깊고 얕다)같이 반대되는 의미가 같이 쓰일 때는 하나만 풀이해 표시하면 된다고 하지요.

서거정(조선朝鮮1420세종世宗2~1488성종成宗19)은 조선 초기의 문신이며 학자입니다. 본관은 대구 달성達城, 자는 강중剛中, 초자初字는 자원子元, 호는 사가정四佳亭 혹은 정정정亭亭亭이며, 시호는 문충文忠이지요. 조선 최초로 홍문관弘文館과 예문관藝文館의 대제학大提學을 겸했습니다. 이후 육조 판서를 두루 지내고 1470년 좌찬성左贊成에 올라 이듬해 좌리공신佐理功臣 3등으로 달성군達城君에 봉해졌습니다. 세종世宗, 문종文宗, 세조世祖, 성종成宗, 예종睿宗, 성종成宗, 여섯 임금을 섬겨 45년간 조정에 봉사하였고, 시문을 비롯한 문장과 글씨에도 능했으며, 시화詩話의 백미인《동인시화東人詩話》와《동문선同文選》등을 남겨 신라 이래 조선 초에 이르는 시문을 선집選集, 한문학漢文學을 대성大成했습니다.

겨우내 굶주리던 벌이 회양목 꽃에 날아들고 빈산에 노란 꽃이 봄을 알리기 시작했습니다. 봄입니다. 매번 봄이면 흥과 시름에 끄달립니다. 올해도 예외가 아닙니다. 언제면 봄다운 봄을 시름없이 마음껏 즐길 수 있을까요? 글쎄, 앞으로 봄을 몇 번이나 더 만날 수 있을까요?

유란幽蘭이 은은향隱隱香한데 찾을 수가 없고야

공산空山에 뜬 달님아 숨은 난초蘭草 만나거든

자규子規의 뜻 알리며 춘신春信 전전傳하라 하여라.

— 콩밝倥朴(2014)

봄에

춘사春事

― 이첨李詹

봄에

염염화기근苒苒花氣近

섬섬경초심纖纖逕草深

풍광귀약류風光歸弱柳

야소립공림野燒入空林

유몽승래해幽夢僧來解

신시조반음新詩鳥伴吟

경편무외사境偏無外事

주객동상심酒客動相尋

사부작사부작 꽃 기운 가까워지니

소복소복 오솔길 풀이 깊어진다.

풍광은 연약한 버들에 돌아오고

들불은 빈숲에 든다.

호젓한 꿈을 스님이 와 풀어 주고

새 시를 새와 짝해 읊조린다.

외진 곳이라 바깥일 없고

술친구만 움직여 서로 찾는구나.

이첨(고려高麗1345충목왕忠穆王1~조선朝鮮1405태종太宗5)은 고려 말, 조선 초기의 문신입니다. 호는 쌍매당雙梅堂입니다. 간관諫官으로 실권자 이인임李仁任을 탄핵하다 10년간 유배생활을 했습니다. 조선왕조 관리로 복직되어 예문관藝文館 대제학大提學에 올랐습니다. 문장과 글씨가 뛰어나 하륜河崙 등과 《삼국사략三國史略》을 찬수撰修하였으며, 가전체 소설 〈저생전楮生傳〉을 지었습니다. 《신증동국여지승람新增東國輿地勝覽》에 많은 시를 남기고 있으며, 문집으로 《쌍매당집雙梅堂集》이 있습니다.

초등학교 동무들과 충주호 중앙탑 근처로 봄나들이를 갔습니다. 50년을 넘겨 만난 반가운 동무들도 있었습니다. 따스한 봄날 불콰해진 얼굴로 목청껏 옛 노래도 불러 보았습니다. 실버들에 금빛이 들었더군요. 봄, 봄, 봄입니다.

살구꽃 진다, 접동이 운다

무제無題

― 권필權韠

제목없음

강담방초록처처江潭芳草綠萋萋

강가 풀꽃은 초록으로 파릇파릇

별한요인로욕미別恨搖人路欲迷

이별에 슬픈 님은 먼 길을 헤매시리.

상득동방춘적막想得洞房春寂寞

님 생각 빈방에 봄은 적막해라.

행화영락자규제杏花零落子規啼

살구꽃 진다, 접동이 운다.

이 시를 처음 베갯머리에서 읽다가 그만 울음이 터져 주체하지 못했던 기억이 있습니다. 권필(조선朝鮮1569선조宣祖2~1612광해군光海君4)의 자는 여장汝章이고, 호는 석주石洲, 무언자無言子입니다. 본관은 안동安東이고, 마포 서강의 현석촌玄石村에서 벽擘의 다섯째 아들로 태어났습니다.

사람됨이 호방하여 시주詩酒를 즐겼습니다. 당색은 서인이고, 정철鄭澈을 존경해 신묘당사辛卯黨事의 충격으로 과거를 포기했다 합니다. 술집에서 권신 유희분柳希奮의 멱살을 잡고 폭언을 퍼부은 일과, 사귐을 청하는 이이첨李爾瞻을 피해 담을 넘어 달아난 일화로 유명합니다. 1612년 영창대군永昌大君을 옹립하려던 소북일파를 제거하기 위한 김직재金直哉의 무옥誣獄에 연좌되었습니다. 김직재의 옥사와는 무관했으나 연루자였던 조수륜趙守倫의 집문서를 조사하다가 공교롭게도 임숙영任叔英의 삭과削科 소식을 듣고 쓴 〈궁류시宮柳詩〉가 한 책의 겉장에 써 있어 광해군光海君의 격노를 삽니다. 친국親鞫을 받고 유배를 갔는데, 들것에 실려 동대문을 나선 뒤 갈증이 심하다며 마신 막걸리에 장독이 솟구쳐 다음날 죽었습니다. 인조반정 후 사헌부司憲府 지평持平에 추증되었구요. 작품으로 〈위경천전韋敬天傳〉〈주생전周生傳〉이 있어 더욱 유명합니다.

《호곡시화壺谷詩話》에 "여장汝章의 시는 절대가인絶代佳人이 분도 바르지 않고서 구름도 가던 길을 멈출 듯 아름다운 목소리로 등불 아래서 우조羽調, 계면조界面調를 부르다가 곡조가 아직 끝나지 않았는데 일어나서 가버리는 것과 같다." 했습니다.

억울하게 쫓겨나 촉나라를 그리다가 죽은 넋이 새가 되었다는 전설이 있는 두견杜鵑은 접동새, 자규子規, 불여귀不如歸, 귀촉도歸蜀途, 촉조蜀鳥, 촉백蜀魄, 풍년조豊年鳥 등의 이름을 함께 가지고 있습니다. 두견의 울음소리를 요즘은 '홀딱 벗고'라고 듣는데, 조선 선비들은 '불여귀거不如歸去 돌아감만 못하리'로 들었던 모양입니다. 예부터 자규子規를 소쩍새로 풀면서 두견새와 소쩍새를 혼용하는 경우가 많은데, 올빼미 사촌처럼 생긴 소쩍새는 '소쩍 소쩍' 하며 두 박자로 웁니다.

중국 고서의 하나인 《태평환우기太平寰宇記》에는 귀촉도歸蜀道에 얽힌 이야기를 다음과 같이 전하고 있습니다.

중국 주나라 말기 촉나라에 두우杜宇라는 왕이 있었는데 제호를 망제望帝라 하였다. 어느 날 그는 문산汶山의 강가를 지나다가 한 시신이 떠내려오는 것을 보았다. 그가 건져 내자 시신은 다시 살아났다. 이상히 생각한 망제는 그를 데리고 대궐로 돌아와 사유를 물은즉, 그는 "저는 형주 땅에 사는 별령鼈靈이라는 사람으로 강에 나왔다가 잘못해서 물에 빠졌는데 어찌하여 여기까지 왔는지 모르겠습니다." 하고 말하는 것이었다. 아직 나이도 어리고 마음이 약했던 망제는 이는 필시 하늘이 보내 준

어진 사람이라고 생각하였다. 그리하여 별령에게 정승 벼슬을 주어 나라를 다스리게 하였다. 그러나 별령은 본시 음흉한 사람이었다. 그는 자신의 예쁜 딸을 망제에게 바쳐 환심을 산 뒤, 곧 궁중의 사람들과 대신들을 매수해서 망제를 대궐에서 몰아내고 자신이 왕위에 올랐다. 일조일석에 나라를 빼앗기고 돌아갈 곳을 잃은 망제는 그 원통함과 한을 삭이지 못한 채 죽었는데, 그 후 대궐이 보이는 서산에는 밤마다 두견새 한 마리가 날아와 슬피 울었으므로 촉나라 사람들은 이 새를 망제의 넋이 환생한 것이라 여기고 이를 귀촉도, 혹은 두견杜鵑, 혹은 불여귀不如歸, 혹은 망제혼望帝魂이라고 불렀다는 것이다. 귀촉도란 촉나라로 돌아가고 싶다는 뜻이요, 두견이란 두우에서 나온 이름이요, 불여귀란 돌아갈 수 없다는 뜻이요, 망제혼이란 망제의 죽은 혼이라는 뜻이니 이 모두는 두우의 이야기에 관련된 것들이다.

두견은 밤낮을 가리지 않고 피를 토하면서 울어댔습니다. 어찌나 구성지게 울었던지 촉의 백성들은 두견새 소리만 들으면 죽은 망제를 그리워하며 더욱 슬픔을 느꼈습니다. 두견새가 토해 낸 피가 묻어 붉게 물든 꽃이 바로 진달래꽃이지요. 그래서 진달래꽃을 두견화라 부르게 된 것입니다.

꼬리에 꼬리를 물고 이야기를 풀다 보면 끝이 없겠습니다. 봄날이 가고 있습니다. 시름은 만 가지나 곡조는 하나라 했습니다. 더 늦기 전에 봄을 즐기십시오.

소나무 우듬지에 조각달 걸어두고
슬픈·가락 계면조界面調로 거문고 두드리니
어디선가 두견杜鵑이가 장단長短 맞춰 슬피 운다.
— 콩밝倥朴(2016)

사연은 천만 겹이지만, 한마디로 '늘 그리움'이지요

대인작代人作

— 임제林悌

대신해 짓다

유금불가탄有琴不可彈

거문고가 있어도 탈 수 없어요.

고조문이비苦調聞易悲

괴로운 곡조 들으면 쉬 슬퍼지니까요.

유주불가음有酒不可飮

술이 있어도 마실 수 없어요.

취별증처기醉別增凄其

취하면 이별이 그 쓸쓸함을 더하니까요.

만반결불해萬般結不解

모든 게 맺혀 풀리지 않으니

심여춘견사心如春繭絲

마음이 마치 봄날 누에고치 같아요.

남아경원별男兒輕遠別

사내들은 먼 길 떠나길 가볍게 여기니

천첩장하위賤妾將何爲

이 몸은 장차 어찌해야 하나요.

처처출강곽淒淒出江郭

쓸쓸히 강가 성곽에 나가

수절양류지手折楊柳枝　　　손으로 버들가지를 꺾어 봅니다.

이사천만중離辭千萬重　　　이별의 사연은 천만 겹이지만

총시장상사摠是長相思　　　한마디로 '늘 그리움'이지요.

유연비고리幽燕非故里　　　유연은 고향 마을도 아닌데

부자거하지夫子去何之　　　님이여, 무엇하러 그리 가셨나요.

하교일모우河橋日暮雨　　　강다리에 날 저물어 비 내리는데

저립청루자佇立淸淚滋　　　우두커니 서서 맑은 눈물만 보탠답니다.

원위산상석願爲山上石　　　원컨대 산 위에 돌이 되어

일일망군귀日日望君歸　　　날이면 날마다 님 오시나 바라봤으면.

원위천변월願爲天邊月　　　원컨대 하늘 위에 달이 되어서

처처조군의處處照君衣　　　곳곳에 님의 옷 비춰 봤으면

종연독불견終然獨不見　　　그래도 끝끝내 보지 못하면

편옥쇄수위片玉鎖愁圍　　　조각 구슬로 시름 닫아 에우고

혜질약가보蕙質若可保　　　연약한 몸이지만 살아 있으면

기지강설비期之江雪飛　　　강가에 눈 오는 날 기다리리다.

72

만반萬般은 '여러 가지, 빠짐없이, 전부'라는 뜻입니다. '만반의 준비를 갖추었다' 할 때 그 만반입니다. 견사繭絲는 누에고치를 말합니다. 강곽江郭은 수곽水郭, 수향水鄕, 즉 강가에 있는 마을이구요. 총摠은 '모두'라는 뜻입니다.

중국 드라마에 악기 이름으로 가끔 등장하는 장상사長相思는 늘 서로 생각하고 그리워하는 것이겠지요. 유연幽燕은 중국 하북성의 옛 이름이라, 변방을 가리킵니다. 부자夫子는 덕행이 높아 모든 사람의 스승이 될 만한 이에 대한 경칭이구요. 저립佇立은 우두커니 서 있는 것을 말합니다.

자滋는 '더하다, 보태다, 붇다'라는 뜻입니다. 편옥片玉은 '값진 보배나 귀중한 몸'이라 푸는 사람도 있는데, '사랑의 징표로 나눠 가진 반쪽 낸 구슬' 아닐까요? 위圍는 '두르다, 둘러싸다, 에우다', 혜질蕙質은 '좋은 성질性質, 미질美質'입니다. 보保는 '지키다'라는 뜻입니다.

임제(조선朝鮮1549명종明宗4~1587선조宣祖20)는 조선의 문신입니다. 자는 자순子順, 호는 백호白湖, 풍강楓江, 소치嘯痴, 겸재謙齋 등을 썼구요. 본관은 나주羅州. 남인의 당수黨首인 미수眉叟 허목許穆의 외할아버지이기도 합니다.

스무 살에 속리산에 있던 대곡선생大谷先生 성운成運 문하에서 수학하다가 1576년에 생원, 진사 양시에 합격했으며 다음해 알성문과에 을과로 급제합니다. 그가 문과에 급제한 뒤 제주목사로 부임한 아버지를 뵈러 제주도로 가면서 꾸렸던 보따리 속에는 세 가지 물건밖에 없었다고 하네요. 어사화 두 송이와 거문고 한 장, 그리고 칼 한 자루였다고 합니다. 그 후 예조정랑禮曹正郎까지 지냈으나, 선비들이 동인과 서인으로 나뉘어 다투는 것을 개탄하고 명산을 찾아다니면서 여생을 보냈습니다.

백호가 평소에 가까이 사귀던 벗들은 허균許筠의 형인 허봉許篈(1551~1588)과 삼당시인三唐詩人 고죽孤竹 최경창崔慶昌(1539~1583), 옥봉玉峰 백광훈白光勳(1537~1582), 손곡蓀谷 이달李達(1539~1612), 그리고 사명당四溟堂을 비롯한 스님들이었다고 합니다. 백호는 그 잘났다는 당나라 시인 두목杜牧처럼 자유분방하게 살았기에 '미친 두목지杜牧之'로 불리기도 했습니다.

서른아홉 살에 요절하면서 그의 가족들에게 "사해제국四海諸國이 칭제稱帝치 못한 나라가 없는데 홀로 우리만이 종고불능終古不能하여 칭제稱帝치 못하였으니 이러한 누방陋邦에 살다가 죽는 것이 무엇이 아깝겠느냐." 하고, 죽은 후에 곡哭을 하지 말라고 했다는 일화는 그의 기개를 잘 말해 줍니다. 〈수성지愁城誌〉〈화사花史〉〈원생몽유록元生夢遊錄〉등 세 편의 한문소설을 남겼으며, 시조 3수와《백호집白湖集》이 있습니다.

찬비라는 기생을 만나 즐기며 노는 모습 한번 보시겠습니까?

북창北窓이 묽다커늘 우장雨裝업씨 길을 난이
산山에는 눈이 오고 들에는 춘비로다.
오늘은 춘비 맛잣시니 얼어 잘짜 ㅎ노라.
— 임제林悌, 《교주해동가요校注海東歌謠 95》

어이 얼어 잘이 므스 일 얼어 잘이
원앙침鴛鴦枕 비취금翡翠衾 어디 두고 얼어 자리
오늘은 춘비 맛자신이 녹아 잘짜 ㅎ노라.
— 한우寒雨, 《교주해동가요校注海東歌謠 141》

찬비라는 기생인들 이런 풍류남아를 만나기가 어디 그리 쉬웠겠습니까? 백호야말로 요즘 시쳇말로 물 찬 제비였겠습니다.

방초芳草 욱어진 골에 시뇌는 우러녠다.

가대歌臺 무전舞殿이 어듸어듸 어듸메오.

석양夕陽에 물 츠는 제비야 네 다 알가 ᄒᆞ노라.

― 임제林悌, 《화원악보花源樂譜 334》

봄비에 붓 적셔 복사꽃을 그린다

제도화책題桃花冊

— 석도石濤

복사꽃 그림책에

무릉계구찬여하武陵溪口燦如霞   무릉계곡 초입머리 노을처럼 찬란한데

일도심지흥경사一棹尋之興更賒   쪽배로 찾아드니 흥겨움 그지없다.

귀향오려정미이歸向吾廬情未已   집으로 돌아가려니 아쉬움이 남아서

필함춘우사도화筆含春雨寫桃花   봄비에 붓 적셔 복사꽃을 그린다.

석도(명明1642의종毅宗15~청淸1707성종聖宗46 또는 1718성종聖宗57)는 명나라의 왕손이었던 청나라 초기의 승려 화가입니다. 본명은 주약극朱若極, 법명法名은 원제原濟, 원제元濟, 도제道濟 등을 썼고, 석도石濤는 자입니다. 호는 대척자大滌子, 고과화상苦瓜和尚, 청상진인淸湘陳人을 썼습니다.

명의 종실로 다섯 살에 아버지가 살해된 후 출가했다 합니다. 꽃과 과일, 난초와 대나무, 그리고 인물을 잘 그렸으며 특히 산수화에 뛰어났습니다. 앞사람들의 화법에 구애받지 않고 자유롭고 주관적인 문인화를 그렸습니다. 팔대산인八大山人, 석계石溪, 홍인弘仁 등과 더불어 4대 명승名僧으로 불리며, 후에 양주화파揚州畫派와 근대 화가들에게 영향을 미쳤습니다. 노자 사상으로 풀어낸 석도 화론石濤畵論은 아직도 유명합니다.

이 시를 머리맡에서 읽다가 '필함춘우사도화筆含春雨寫桃花 봄비에 붓 적셔 복사꽃을 그린다.'는 구절에 그만 또 울음이 터졌네요. 무엇이 그리 그립고 부럽고 하고 싶었는지 그냥 하염없이 울었던 기억이 있습니다. 이제 더 늙기 전에 동무 불러 봄비에 붓 적셔 그림 한 폭 그려 두고 마냥 취할 수 있기를…….

향설해香雪海와 해당화海棠花

《어우야담於于野談》에 부안 기생 매창梅窓(조선朝鮮1573선조宣祖6~1610광해군光海君2)의 정인情人이었던 유희경劉希慶(조선朝鮮1545인종仁宗1~1636인조仁祖14) 이야기가 나옵니다.

유희경은 상놈 종인데 성품이 담박淡泊하고 고아高雅하였다. 어릴 적부터 시詩와 예禮를 배웠다. (중략) 유희경이 선비들과 함께 용문산에 놀러간 적이 있는데, 함께 놀러간 선비들이 말 위에서 유희경에게 시를 짓게 하였다. 그 시는 다음과 같다.

산함우기수함연山含雨氣水含烟　　산은 비 기운을 머금었고 물은 안개를 머금었네.

청초호변백조면靑草湖邊白鳥眠　　푸른 풀 호숫가에 흰 새가 졸고 있다.

노입해당화하전路入海棠花下轉　　길은 '해당화' 아래로 돌아드는데

만지향설락휘편滿地香雪落揮鞭　　휘두르는 채찍에 땅 가득 향기로운 눈 떨어진다.

'노입해당화하전路入海棠花下轉 길은 해당화 아래로 돌아드는데……' 이 구절의 해당화는 팥배나무 흰 꽃이 산 가득 피어 있는 것을

말하는 것입니다. 키 작은 해당화가, 게다가 여름에 피는 붉은 해당화가 바닷가 모래사장이 아니라 산굽이 길에 피었을 리도 없고, '만지향설락滿地香雪落 땅 가득 향기로운 눈 떨어진다.'라고 표현될 리도 없기 때문입니다.

또 하나 인왕산 기슭 수성동 넓은 골짜기 깊숙한 곳에 자리 잡은 안평대군安平大君의 비해당匪懈堂을 노래한 〈비해당사십팔영匪懈堂四十八詠〉에도 '숙수해당熟垂海棠 흐드러지게 늘어진 해당화'가 나옵니다. 이 또한 팥배나무입니다. 지금도 인왕산 기슭에는 봄이면 팥배나무가 향설해香雪海를 이루고 있기 때문입니다. 또 다른 시 한 수 봅니다.

궁사宮詞　　　　　　　　궁녀의 노래
— 성간成侃

의의렴막연교비依依簾幕燕交飛	하늘대는 주렴장막 제비는 엇겨 날고
일사청창수기지日射晴窓睡起遲	맑은 창에 볕 들고서야 느지막이 일어난다.
급환소왜공회수急喚小娃供頮水	서둘러 시녀 불러 세숫물 들이라 하고
해당화하시춘의海棠花下試春衣	해당화 꽃 아래서 봄옷을 걸쳐 본다.

이 시에 나오는 해당화 또한 팥배나무입니다. 우리가 아는 바닷가 모래사장에 여름에 피는 키 작은 나무 붉은 꽃 해당화로 풀면 말이 안 됩니다. 모든 번역이 무심히 해당화로 되어 있어 시비를 거는 바입니다.

향설해는 향과 꽃이 온통 눈처럼 바다를 이룬다는 소주蘇州 초산超山 매화의 별칭으로 쓰였습니다만, 우리의 봄 산에 향설해를 이루는 해당화, 팥배나무 꽃을 잊지 마시기 바랍니다.

갠 날

신청新晴   새로 갠 날

— 유반劉放

청태만지초청후青苔滿地初晴後   날이 막 갠 뒤, 땅은 푸른 이끼로 가득한데

녹수무인주몽여綠樹無人晝夢餘   푸른 숲 사람 없어 낮 꿈이 여유롭다.

유재남풍구상식惟在南風舊相識   오로지 남풍 있어 나를 아는 척

투개문호우번서偷開門戶又翻書   문 살짝 열고 들어와 또 책장을 넘긴다.

청晴은 '날씨가 맑게 갰다'는 뜻입니다. 그래서 신청新晴은 '흐리다가 막 갰다'는 뜻입니다. 유惟는 '생각하다'는 뜻인데 '오직'이라는 뜻의 유唯와 같이 씁니다. 투偷는 '훔치다'는 뜻이구요. 번翻은 '뒤치다, 책장을 넘긴다'는 뜻입니다.

　당나라 시와는 다르게 송나라 시들은 정밀하게 서술하듯 분위기를 만들어 잔잔한 감동을 선사합니다. 친구들에게 읽어 줬더니 한시가 이런 맛이 있어 좋아하는구나 하며 무척 재미있어 합니다.

유반(북송北宋1023인종仁宗1~1089철종哲宗4)은 북송사학가北宋史學家입니다. 자는 공보貢父, 공보贛父. 호는 공비公非를 썼습니다. 부父가 남자의 미칭으로 쓰일 때는 보甫와 통용하며 '보'로 읽습니다. 엉뚱한 데로 샜습니다. 임강신유臨江新喩, 지금의 강서 신여江西新餘 사람입니다. 일설에는 강서장수江西樟樹 사람이라고도 합니다. 유반은 역사 연구에 능통하여 일찍이 사마광司馬光이 주도하는《자치통감資治通鑑》편찬에 참여하여 전·후한前後漢 부분을 기술하기도 했습니다. 저서로는《동한간오東漢刊誤》《팽성집彭城集》《공비집公非集》《중산시화中山詩話》등이 있습니다.

봄을 보내며

송춘사送春詞

― 왕유王維

일일인공로日日人空老	날마다 사람은 하릴없이 늙어가건만
연년춘갱귀年年春更歸	해마다 봄은 다시 돌아온다오.
상환유준주相歡有尊酒	술통에 술 있으니 서로 즐기세나.
불용석화비不用惜花飛	꽃 날린다고 애석해 해봐야 쓸데없다네.

봄 전송餞送을 핑계로 동무 몇을 집으로 불러 집사람을 귀찮게 했습니다. 그리고 송춘시送春詩 몇 수와 송춘시조送春時調 몇 수를 같이 읽었습니다. 누가 보면 호사객기好事客氣를 부린다 할지 모르겠습니다. 그런들 봄꽃 볼 해가 몇 번이나 남았겠습니까?

《해동가요海東歌謠》를 엮은 김수장金壽長(조선朝鮮1690숙종肅宗16~1770영조英祖46)이 시조에 이렇게 이야기합니다.

곳 지ᄌ 봄이 졈을고 술이 盡ᄎ 興이 난다.　　　　　꽃 지자 봄이 저물고 술이 다하자 흥이 난다.

역려광음逆旅光陰은 백발白髮을 뵈야는듸　　　　　지나는 손같이 아랑곳없이 가는 세월은 백발을 재촉하는데

어듸셔 망령妄伶의 것드른 노지말나 ᄒ는이.　　　　　어디서 망령 들린 것들이 놀지 마라 하느니.

　　　—《교주해동가요校注海東歌謠484》

왕유(당唐699~759)는 자가 마힐摩詰입니다. 산서성山西省 출생이지요. 아홉 살에 이미 시를 썼으며, 서書와 음곡音曲에도 재주가 뛰어났다고 합니다. 왕유는 육조시대六朝時代의 궁정시인의 전통을 계승한 시인이라 하여 장안長安 귀족사회에서는 칭찬이 자자하였고 존경도 받았습니다. 그의 시는 산수, 자연의 청아한 정취를 노래한 것으로 수작秀作이 많은데, 특히 남전藍田의 별장 망천장輞川莊에서 지은 일련의 작품이 유명합니다. 맹호연孟浩然, 위응물韋應物, 유종원柳宗元과 함께 왕맹위유王孟韋柳로 병칭되어 당대 자연시인의 대표로 일컬어집니다. 또 그는 경건한 불교도이기도 해서, 그의 시에서 불교사상의 영향을 찾아볼 수 있는 것도 하나의 특색입니다. 《왕우승집王右丞集》(28권) 등이 현존합니다.

　　그림은 산수화에 뛰어나, 수묵水墨을 주체로 하였는데, 금벽휘영화金碧輝映畵에도 손을 대고 있어 화풍 또한 다양했던 것으로 짐작됩니다. 순정·고결한 성격의 소유자로, 탁세濁世를 멀리하고 자연을 즐기는 태도 등은 남송문인화南宋文人畵의 시조로 받들어지는 원인이 되었습니다. 송나라의 소동파蘇東坡는 왕유를 "시 속에 그림 있고, 그림 속에 시가 있다."고 평하였습니다. 장안長安에 있는 건축의 장벽산수화牆壁山水畵나 〈창주도滄州圖〉 〈망천도輞川圖〉 등을 그렸다고 알려져 있었으나 확실한 유품은 전하는 것이 없습니다.

또한 우리가 놓칠 수 없는 이야기로 왕유는 스무 살에 실크로드를 관할하는 안서절도사安西節度使에 올라 이슬람과 당나라가 맞붙은 동서양 최초의 전투, 탈라스 전투의 총사령관이었던 고선지高仙芝(?~755년) 장군의 서기書記였답니다. 고선지 장군이 싸워서 이기지 못한 이는 없었다고《왕우승집 王右丞集》에 기록하고 있습니다.

비 오는 날에 연

우하雨荷

― 최해崔瀣

비 오는 날에 연

호초팔백곡胡椒八百斛   후추 팔백 섬

천재소기우千載笑其愚   천년토록 그 어리석음 비웃었는데

여하벽옥두如何碧玉斗   어쩌자고 푸른 옥 말되박으로

경일량명주竟日量明珠   온종일 고운 구슬 되고 있는고?

곡斛은 휘이니 열 말 용량입니다. 호초팔백곡胡椒八百斛은 당나라 때 원재元載라는 탐관오리 가산을 몰수해 보니 창고에 후추 팔백 섬과 종유鐘乳 오백 량 등이 나왔다고 합니다. 먹지도 못할 걸 쌓아둔 탐욕스런 일이 뒷사람들에게 두고두고 어리석다고 비웃음을 받았습니다.

경竟은 '다하다, 끝나다, 극極에 달하다'는 뜻입니다.

마당에 연못을 두고 비 오는 날 연잎에 비 떨어지는 소리 듣고 있으면 얼마나 좋을까요? 그저 꿈이려니 합니다.

'이슬 기운'이란 뜻의 해濚를 이름으로 쓰고 있는 최해(고려高麗1287충렬왕忠烈王13~1340충혜왕忠惠王복위復位1)는 고려의 문신이자 학자입니다. 자는 언명부彦明父, 호는 졸옹拙翁, 예산농은猊山農隱. 시호는 문정文正이며, 본관은 경주입니다. 최치원崔致遠의 후손이며 충숙왕忠肅王 때 원나라 과거에 급제하여 요양로遼陽路 개주판관蓋州判官을 지냈다고 합니다. 병을 핑계로 귀국하여 검교檢校와 성균관成均館 대사성大司成 등을 지냈구요. 만년에는 농사를 지으며 저술에 힘썼다고 합니다. 그는 특히 고려의 저명한 문인들의 글을 모아《동인지문東人之文》25권을 편찬하였으며, 당대의 문호로서 이제현李齊賢과 함께 중국에까지 이름을 떨쳤습니다. 저서로《졸고천백拙藁千百》《농은집農隱集》등이 있습니다.

여름날

하일夏日
— 이규보李奎報

여름날

경삼소점와풍령輕衫小簟臥風欞

홑적삼으로 작은 대자리 펴고 바람 부는 난간에 누웠는데

몽단제앵삼량성夢斷啼鶯三兩聲

꾀꼬리 울음 두세 소리에 꿈이 깼다.

밀엽예화춘후재密葉翳花春後在

봄 지난 뒤라 빽빽한 잎이 꽃을 가리고 있는데

박운루일우중명薄雲漏日雨中明

옅은 구름 틈새로 햇살 비쳐 빗속에도 밝다.

점簟은 삿자리, 대자리입니다. 영欞은 격자창, 처마, 추녀, 난간입니다. 예翳는 햇볕 가리개, 즉 일산입니다. 그래서 '덮다, 가리다'는 뜻으로 쓰입니다. 누漏는 '새다, 스며들다, 틈으로 나타나다, 틈, 구멍' 등의 뜻입니다.

《동국이상국집東國李相國集》으로 유명한 이규보(고려高麗1168의종毅宗22~1241고종高宗28)는 노장사상老莊思想에 깊이 동조한 고려 중기의 지식인입니다. 이규보의 생명을 아끼는 마음은 이와 개에 대한 생각, 〈슬견설蝨犬說〉이란 글과 많은 시에서 협소한 인

간 중심의 사고를 넘어 인간과 자연, 인간과 만물이 근원적으로 동일한 존재라고 이야기합니다. 이규보는 목민관으로 있을 적에 백성의 검질기고 모짊을 벌한 적이 없으며 백성이 도둑질함도 꾸짖지 않았답니다. 또한 나라에서 백성들로 하여금 청주淸酒를 마시거나 쌀밥을 먹지 말라는 금령禁令을 내렸을 때도 그런 일은 백성의 입과 배에 맡길 일이지 법으로 막는 것은 부당하다고 했습니다. 이렇듯 이규보는 아름답고도 깊은 생태적 지혜를 끊임없이 보여 줍니다.

우리도 이 시대에 맞는 생명에 대한 경외심으로 모여, 우주적 순환 원리 속에 함께 공존하려 했던 선조들의 지혜를 '콩세알'이라는 이름에 담아 모임을 시작했습니다. 그저께는 콩세알 모임을 하느라 전국에서 모인 아름다운 사람들과 밤새워 이야기를 나눴네요.

우리 이웃이 치과에 오려면 찌르고 뽑고 파내고 갈아 내고 하는 상상하기조차 싫은 무서움을 이겨 내야 하고, 게다가 돈도 많이 들 것 같아 점점 나빠지는 구강 상태는 제쳐 두고 사보험에 꼬박꼬박 보험금만 내고 계신 바보스러움을 일깨울 일은 없을까? 한두 달에 한 번 미용실이나 이발소에 가듯 치과 문을 열고 웃으며 "이 닦으러 왔습니다." 하고 들어올 수 있도록 하는 치과를 만들어 보면 어떨까? 이야기 끝에, 그래서 우리 이웃이 치과에 와서 비침습적非侵襲的(noninvasive) 예방 관리를 받음으로써, 더 이상 뽑거나 갈아 내거나 임플란트 따위를 할 필요 없이, 가진 이를 평생 탈 없이 쓰도록 하는 치과 예방 진료 프로그램을 운영하는 새로운 치과 개원의 모형을 만들어 보자는 의견이 모였습니다. 그리고 새로운 예방 치과 진료는 새로운 진료 항목을 도입하는 것이 아니라 우리 이웃의 건강한 삶과 구강 건강, 그리고 치과의사의 삶을 변화시키기 위한 연대와 참여를 구축하는 것이라는 생각으로 뜻을 같이하는 치과, 치과의사, 치과위생사와 연대 네트워크를 구축하고, 또한 구성원의 역량 강화를 위한 아카데미를 운영하고, 진료 콘텐츠 개발을 하면서 치과계와 의료 소비자인 이웃의 인식과 행동을 변화시키고자 노력하기로 의견을 모았습니다. 더운 여름날이지만 콩세알 홈페이지 www.3beans.kr도 만들고 콩세알 아카데미 단과반 종합반 강의도 시작했습니다. 새로운 시도에 반응도 엄청 좋군요.

장마철 구름 틈새로 비치는 햇살 있어 빗속에도 밝은 세상 꿈꾸며 삽니다. 그저 감사하지요.

산속에서

하일산중夏日山中
― 이백李白

여름날 산속에서

나요백우선懶搖白羽扇　　　　　　하얀 깃털 부채 흔들기도 귀찮아서

나체청림중躶體靑林中　　　　　　푸른 숲속에서 발가벗고

탈건괘석벽脫巾掛石壁　　　　　　망건도 벗어 바위벽에 걸어 두니

노정쇄송풍露頂灑松風　　　　　　드러난 정수리를 솔바람이 씻어 준다.

《당음唐吟》에 실린 예순한 번째 시입니다. 이런 풀이가 달렸습니다.

시당주하時當朱夏하야 산중한인山中閑人이 불감염열不堪炎熱하야 혹요백우선이혹라체우청림지중或搖白羽扇而或躶體于

靑林之中호대 유불능내猶不能耐하야 탈건이괘우석벽상脫巾而掛于石壁上하고 노기정露其頂하며 거기면擧其面하고 쇄기

송풍쇄기松風하니 종차從此로 서기망서의庶幾忘暑矣니 차此는 청한의취清閑意趣를 가견可見이로다.

때는 뜨거운 여름을 맞아 산속 한가한 사람이 매우 심한 더위를 참지 못하여, 푸른 숲속에서, 혹은 흰 깃털 부채를 부치거나, 혹은 옷을 벗고 있어도 오히려 견딜 수 없어, 망건을 벗어 바위벽에 걸어 두고, 정수리를 노출하고, 얼굴을 들고 솔바람을 쏘여, 이로부터 거의 더위를 잊으니, 이는 맑고 한가한 정취를 가히 볼 수 있음이로다.

휴가들 다녀오셨나요? 무척이나 덥습니다. 마침 페이스북에서 거의 30년 만에 불알친구 한 녀석을 만났습니다. 미국에서 신석기식 농법으로 사람을 모으고 농사를 짓고 있더군요. 흙 속 흰 곰팡이를 살려야 한다나요?

인간들이 지구상에 태어나 삶을 영위한 이래로 과연 어떤 생각으로 살았을까요? 유목민이었을 때는요? 농경 문화와 함께 정착해서 살았을 때는 어떤 생각들이었을까요? 농작물을 해치는 벌레들과 전쟁을 치르면서도 충제蟲祭를 지내며 농사짓던 이 땅의 농부들은 어떤 생각을 품고 계셨을까요?

얼마 전 괴산에서 유기농 기업을 일으켰던 '흙살림' 25주년 기념식에 참석했다가 농사를 짓는 건 영원히 신석기 시대를 사는 것이란 이야기를 들었습니다. 그리고 그 자리에서 오철수 시인의 시집 한 권을 선물 받았습니다.

이런 시가 실려 있었습니다.

땅속의 생물들도 제 마음껏 제 삶을 살고
그 위의 초록 생명들도 배불리 제 삶을 살며
곁하는 모든 이의 삶을 나누도록 하는

흙 살림의 가치는 생명이요

흙 살림의 윤리는 살림이다.

생명에 대한 우주적 믿음에

허리를 구부리고 밭일하는 성실한 나눔만이

초록을 움 틔우는 사랑이다.

그렇지요. '천지여아병생天地與我竝生이요, 만물여아위일萬物與我爲一이라. 천지는 나와 함께 생겨났고, 만물은 나와 함께 하나라.' 《장자莊子》〈제물론齊物論〉에 나오는 구절입니다.

신석기 시대 흙 속 흰 곰팡이와 함께 땅을 살리겠다는 생각이 기특하고 반갑기도 했지만, 모든 생명이 하나라, 생명을 아끼고 나눠야 한다는 걸 이 더운 날 미국에 사는 놈이나 한국에 사는 놈이나 환갑 지난 나이에야 깨닫네요.

여름밤에 벗을 생각하다

하야억노숭夏夜憶盧嵩
— 위응물韋應物

여름밤에 노승을 생각하다

애애고관모靄靄高館暮

어룽어룽 저물녘 높은 객사

개헌척번금開軒滌煩襟

마루를 열어 답답한 가슴을 씻는다.

부지상우래不知湘雨來

호남성에 비 오는 줄 몰랐더니

소쇄재유림瀟灑在幽林

그윽한 숲에 비바람 쏟아진다.

염월득량야炎月得涼夜

뜨거운 여름에 시원한 밤이 되니

방준수여짐芳樽誰與斟

향기로운 술잔 누구와 주고받을까?

고인남북거故人南北居

친구들이 남북으로 살아

누월간휘음累月間徽音

만날 좋은 소식 사이가 여러 달이다.

인생무한일人生無閑日

인생은 한가한 날이 없어도

환회당재금歡會當在今 　　　　　 기쁜 만남은 응당 지금 있어야지.

반측후천단反側候天旦 　　　　　 뒤척이며 해뜨기를 기다리니

층성고침침層城苦沉沉 　　　　　 높은 성에 괴로움이 깊고 깊다.

위응물(당唐737현종玄宗25~792덕종德宗8)은 중국 섬서성陜西省 장안長安 출생의 시인입니다. 젊어서 임협任俠을 좋아하여 현종玄宗의 경호 책임자가 되어 총애를 받았습니다. 현종 사후에는 학문에 정진하여 관계에 진출, 좌사낭중左司郎中, 소주자사蘇州刺史 등을 역임하였습니다. 그의 시에는 전원산림田園山林의 고요한 정취를 소재로 한 작품이 많으며, 당나라의 자연파 시인의 대표자로서 왕유王維, 맹호연孟浩然, 유종원柳宗元 등과 함께 왕맹위유王孟韋柳로 병칭되었습니다.

휘徽는 거문고 현을 고르는 자리를 표시하기 위해 거문고 앞쪽에 원형으로 박은 크고 작은 13개의 자개 조각을 말합니다. 그래서 휘음徽音은 맑은 소리, 아름다운 소리. 또는 영문令聞, 훌륭한 인물이라는 좋은 평판입니다. 그래서 '친구 만날 좋은 소식'으로 풀었습니다.

예전에 《건치신문》 제호題號를 얻기 위해 원주로 무위당无爲堂 장일순張壹淳(1928~1994) 선생님을 뵈러 간 적이 있었습니다. '건강한 사회'라는 옛 제호가 바로 선생님이 써 주신 겁니다. 선생님은 동학 운동을 우리에게 전하고 우리 미래의 삶을 버티게 해 줄 생명 사상을 일깨워 주신 분이시지요. 선생님은 늘 엔트로피entropy 법칙을 강조하시면서 '도道를 행行함에 있어 아낌만한 것은 없다.' 하셨습니다.

밥알 하나가 부처인 줄을 아는 아낌의 덕德이란 우주 법칙의 순순환의 고리 영역이지요. 바로 도의 영역입니다. 이 세상과 내가 한 몸인 영역입니다. 함부로 버리고 쓰레기로 만드는 엔트로피 증가의 영역은 비가역적非可逆的 비순환적非循環的 파괴의 영역입니다.

비도非道의 영역입니다. 죽음의 영역입니다.

　이 더운 날 뜬금없이, 상어지느러미 요리 같은 폭력적이고 사치스런 음식이 아니라 소박하고 속닥한 술자리가 그립습니다. 보고 싶은 사람들과…….

못가에서

지상편池上篇   못가에서   103
— 백거이白居易

십무지댁十畝之宅   열 평의 집

오무지원五畝之園   다섯 이랑의 텃밭

유수일지有水一池   물 있어 못 하나

유죽천간有竹千竿   대나무 있어 천 그루

물위토협勿謂土狹   터 좁다 말하지 말고

물위지편勿謂地偏   땅 외지다 이르지 마소.

족이용슬足以容膝   무릎을 펼 만하고

족이식견足以息肩   어깨를 쉴 만하이.

유당유정有堂有庭   집 있고 정자 있고

유교유선有橋有船	다리 있고 배 있으며
유서유주有書有酒	책 있고 술 있고
유가유현有歌有弦	노래 있고 거문고 있다오.
유수재중有叟在中	그 가운데 늙은이 있어
백수표연白須飄然	백발도 표연해라.
식분지족識分知足	분수 알고 족함 알아
외무구언外無求焉	밖으로 구함 없다오.
여조택목如鳥擇木	마치 새가 나무 가리듯
고무소안姑務巢安	어미가 보금자리 가꾸듯
여구거감如龜居坎	마치 거북이가 굴에 살아
부지해관不知海寬	너른 바다를 알지 못하듯
영학괴석靈鶴怪石	신령한 학 괴이한 돌
자릉백련紫菱白蓮	보랏빛 마름꽃 하얀 연꽃
개오소호皆吾所好	내 좋아하는 것
진재오전盡在吾前	빠짐없이 앞에 있어
시음일배時飲一杯	때때로 잔을 들고
혹음일편或吟一篇	이따금 한 편 시를 읊는다오.
처노희희妻孥熙熙	처자식 화락하고

계견한한雞犬閑閑   닭과 개도 한가하니

우재유재優哉游哉   여유롭고 넉넉해라.

오장종로호기간吾將終老乎其間   내 장차 이 가운데 늙음을 마감하리.

벌써 한 20년 지났나 봅니다. 장판 까는 데는 일인자라며 도배하러 온 자칭 '마포 김장판'께서 집주인이 마음에 든다며 들려주신 이야기가 생각납니다. 연배도 나랑 비슷한데 보릿고개 이야기를 곧잘 하시더군요.

"어릴 적, 집에 손님이 찾아오면 그날은 무지 기분 좋은 날이지요. 이팝을 먹을 수 있으니까요. 아니 애들한테꺼정 해 주시는 게 아니라 손님에게만 쌀밥을 해서 드리지요. 그러면 손님들이 한 삼분지 일 정도는 아이들 먹으라고 남겨 주시거든요. 그런 어느 날 아마 초여름이었던지 꽤 더웠던 날이었나 봐요. 대청에서 밥상 받은 손님을 대청 기둥에 기대어 눈치껏 살피던 동생 놈이 갑자기 울며 대문 쪽으로 뛰어나오는 겁니다. 그러면서 외치는 소리가 '으앙, 고마 물에 말아뿟다.' 하는 겁니다. 손님이 더우니까 시원하게 말아 자실 요량으로 밥그릇에 물을 부었던 모양입니다. 물에 말았다는 이야기는 안 남기고 다 자시겠다는 거지요."

지금도 그 옛날 김장판 이야기를 생각하면 목이 메고 코가 시큰합니다.

아낌의 미학을 이야기하려다 슬퍼지네요. 모두가 아낌 속에 여유롭고 넉넉하기를…….

불쌍한 농부

민농이수憫農二首
— 이신李紳

춘종일립속春種一粒粟   봄에 조 낟알 하나 심으면

추수만과자秋收萬顆子   가을에 낟알 만 개 거둔다.

사해무한전四海无閑田   천지에 노는 밭이 없건만

농부유아사農夫猶餓死   농부는 오히려 굶어 죽는다.

서화일당오鋤禾日當午   한낮이 되도록 김매느라

한적화하토汗滴禾下土   땀이 나락 아래 땅에 떨어진다.

수지반중찬誰知盤中餐   누가 알리오, 소반에 담긴 음식이

입입개신고粒粒皆辛苦   알알이 모두 농민의 땀방울인 것을.

이신(당唐780덕종德宗1~846무종武宗6)의 자는 공수公垂이며, 강소성江蘇省 무석無錫 사람입니다. 진사에 급제한 뒤 국자조교國子助敎, 절동관찰사浙東觀察使를 거쳐 무종武宗 때에는 재상에 올랐습니다. 백거이白居易, 원진元稹과 매우 친하였고, 가장 먼저《악부신제樂府新題》20수를 지어 신악부운동新樂府運動의 원동력이 되었습니다. 이 시들은 전해지지 않고,《추석유시追昔游詩》(3권)와《잡시雜詩》가 현존합니다. 시호는 문숙文肅이라 합니다.

악부시樂府詩란 민간의 시나 노랫말을 채집한 것을 말합니다. 우리나라에도《해동악부海東樂府》나《동국악부東國樂府》등 악부시가 많습니다.

이어서 또 옛날이야기 하나 꺼내 놓습니다. 20년 전입니다. 과천에서 이웃들과《무위당 장일순의 노자 이야기》(대담 정리 이현주, 다산글방) 상, 중, 하권을 다 읽고 책거리를 하느라 이현주 목사를 모셨습니다. 요즘은 이아무개란 필명을 쓰시더군요. 목사께서 이런 이야기를 해 주셨습니다.

"지난 87년 6월 항쟁 전이었지, 아마? 충주 살 때인데, 서울대 무슨 단과대학 학생회장이 나에게까지 기금 마련한다고 찾아왔던 적이 있어. 내가 무슨 돈이 있어. 그래서 우리 집사람이 저녁이나 먹고 가라고 된장찌개에 밥을 차려 줘서 먹었지. 그런데 이 친구 국그릇에 밥 말아 먹고 두 숟가락 정도 남겨둔 채 수저를 놓더라고. 다 먹었느냐고 물었지. '네, 다 먹었습니다.' 하더라고. 그래서 다시 물었어. '다 자신 거냐구?' 그랬더니 맛있게 잘 먹었다네. 참을까 하다가, 또 언제 보랴 싶어 이야기했지. '나는 어릴 적부터 음식 남기면 혼내는 아버지 밑에 자라 절대로 수챗구멍에 음식물 못 버리는 줄 안다. 더구나 아파트라서 개도 못 키우고 음식물 퇴비 만들기도 어렵다. 결국 내가 당신이 남긴 음식을 먹어야 하는데 당신이 먹다 남긴 거 나도 먹기 싫다. 두 숟가락 정도 되니 그것 억지로 먹는다고 배탈 날 것 같지도 않다. 마저 깨끗이 먹어라.' 그랬더니 이 친구 얼굴이 뻘개지더구만. 우리 집사람은 처음 본 사람에게 무안 준다고 어쩔 줄 몰라 하고. 이 친구 가면서 이렇게 무안당하기는 제 생전 처음이라며, 그래도 고맙다네, 다시는 음식 남기지 않겠노라면서."

백성의 시에 운을 빌려

제 복령사벽題福靈寺壁 **차 설 씨 민 운**次偰氏民韻　설씨라는 백성의 시에 운을 빌려 복령사 벽에 쓰다
— 김수온金守溫

산사심유일山寺尋遊日　　　　　　산사를 찾아 노니는 날

추풍목락시秋風木落時　　　　　　가을바람에 낙엽 진다.

창허승결납窓虛僧結衲　　　　　　창은 비었는데 스님은 장삼을 깁고

탑정객제시塔靜客題詩　　　　　　탑은 고요해 손은 시를 짓는구나.

취백상유수翠柏霜猶秀　　　　　　푸른 잣나무는 서리에 오히려 빼어난데

한화만욕미寒花晩欲微　　　　　　차가운 꽃은 저물녘이라 희미해진다.

지청무몽매地淸無夢寐　　　　　　땅이 맑아 잠들지 못하고

수득갱훤사誰得更喧思　　　　　　누가 얻는가, 다시 시끄러운 생각.

땅이 맑은 건 달빛 때문이겠지요. 복령사福靈寺는 건립 시기는 신라시대이며 경기도 개성시 송악산에 있었던 절이랍니다. 창건 연대 및 창건자는 미상이나《동국여지승람東國興地勝覽》에 기록된 박은朴誾의 시를 통해서 볼 때 신라시대에 창건되었고, 서천축국西天竺國에서 왔다는 불상이 있었음을 알 수 있습니다. 고려시대에는 숙종肅宗 때부터, 특히 고종高宗 이후에 왕실의 보호를 받으면서 발전하였답니다. 숙종, 고종뿐 아니라 원종元宗 또한 즉위 초부터 매년 이 절에 행차하였는데, 고종이나 원종이 주로 3월과 9월에 이 절에 행차한 것으로 되어 있어 왕실과 관련된 인물의 원당願堂이 있었을 가능성이 큽니다. 그 뒤에도 충렬왕忠烈王이 5번, 충숙왕忠肅王이 2번, 충목왕忠穆王이 1번, 공민왕恭愍王이 5번 행차하였다고 합니다. 이 중 충렬왕과 공민왕은 주로 공주와 함께 행차해 불공을 드리기도 했답니다. 폐사 연대는 미상이나《신증동국여지승람》에 기록되어 있기로 조선 중기까지는 존립하였던 것을 알 수 있으며, 이 절에 관한 김극기金克己, 조위曹偉, 박은의 시가 전하고 있습니다.

김수온(조선朝鮮1410태종太宗10~1481성종成宗12)은 조선 초기의 문신이요 학자입니다. 본관은 영동永同이고, 자는 문량文良, 호는 괴애乖崖, 또는 식우拭疣를 썼습니다. 괴애는 '벼랑에서 떨어진 놈'이란 뜻이지요. 식우는 '혹 또는 사마귀를 깨끗이 닦다'라는 뜻입니다.

그는 정희왕후貞熹王后와 인연이 깊었습니다. 절에서부터 궁궐까지 정희왕후 곁에서 늘 일하였답니다. 세종世宗 때의 국사였던, 신미대사信眉大師 김수성金守省의 아우입니다. 세조비 자성대왕대비慈聖大王大妃(정희왕후)의 섭정을 추진하였고, 인수대비仁粹大妃가 없을 때 옆에서 정사를 논의한 정희왕후의 충신이었습니다. 좌리공신佐理功臣 4등으로 영산부원군永山府院君에 봉해지고 관직은 1474년, 영중추부사領中樞府事에 이르렀습니다. 학문과 문장에 뛰어났으며, 편찬 및 불경의 국역 간행에도 공이 컸습니다. 시호는 문평文平입니다. 저서에《식우집拭疣集》이 있습니다.

이어서 아무개 이현주 목사께서 해 주신 이야기를 더 하겠습니다.

"지금은 방송국 피디 하고 있는 후배 녀석이 중학교를 다니다가 입산을 해 버렸어. 조숙했던 녀석이지. 이 녀석이 도봉산 천축사에서 동자승 노릇 하고 있을 때인데, 하루는 모시고 있는 노스님이 '진성아, 오늘은 내 밥은 할 필요 없다. 네 밥만 해 먹어라.' 하시더라네. 그래서 혼자 해 먹었대. 그런데 다음날도 그러시더라는 거야. 한두 끼도 아니고 굶고 계신 늙은 스님 두고 혼자 배불리 먹기가 영 찜찜해 눈치 보며 밥을 먹었다는 거라. 물론 왜 굶으시는지 말씀도 없으시고……. 그러다가 '이제는 내 밥도 해라.' 하시더란 거지.

그렇게 며칠 만에 공양을 마치시더니 '너, 내가 그동안 왜 굶었는지 아느냐?' 하시더래. 모른다고 했더니, 글쎄 '수채에 부처님이 버려져 있는데 내 어찌 밥을 먹을 수 있었겠느냐.' 하시더라는 거라. 며칠 지나 새들이 먹었는지 수채에 밥알이 사라지니까 그제야 공양을 하신 거라네. 가르침은 이렇게 하는 거지. 정말로 밥알 하나가 바로 부처님이야."

산에 사노라

산거山居
— 김구용金九容

산에 사노라

호연천지일광생浩然天地一狂生

드넓은 천지에 미친놈 하나

독와청산농월명獨臥靑山弄月明

홀로 청산에 누워 밝은 달 희롱한다.

자소이래무세미自笑邇來無世味

근래에 세상맛 없어 절로 웃나니

죽근유수세심성竹根流水洗心聲

대나무 뿌리에 흐르는 물 마음 씻는 소리.

김구용(고려高麗1338충숙왕忠肅王복위復位7~1384우왕禑王10)의 본관은 안동安東이고, 어릴 적 초명은 제민齊閔, 자는 경지敬之, 호는 척약재惕若齋 또는 육우당六友堂을 씁니다. 첨의중찬僉議中贊 방경方慶의 현손으로, 묘昴의 아들입니다. 열여섯 살 때 진사에 합격하고, 당시 왕이었던 공민왕恭愍王의 명으로 모란시牡丹詩를 지었는데 일등을 하여 산원직散員職을 받았습니다. 열여덟 살에 과거에 급제해 덕령부주부德寧府注簿가 되었습니다.

1367년 성균관이 중건되자, 민부의랑겸성균직강民部議郎兼成均直講이 되어 정몽주鄭夢周, 박상충朴尚衷, 이숭인李崇仁 등과 함께 후학의 훈화에 노력해 성리학을 일으키는 데 일익을 담당하였습니다. 후진들을 힘써 추천하고 교육하는 데 싫증을 느끼지 않아 비록 쉬는 날이라 하더라도 지식을 배우러 오는 여러 학생들의 발길이 그치지 않았다고 합니다.

　　김구용이 활동하던 시기는 원元과 명明의 교체기였는데 이때 고려는 원나라와 명나라에 양면정책을 취하고 있었습니다. 1375년 김구용이 삼사좌윤三司左尹이 되었을 때 당시 북원에서 사신을 보내오자 이들을 맞으려는 이인임李仁任 등 권신들에 맞서 친명파인 이숭인, 정도전鄭道傳 등과 함께 반대하다 죽주로 귀양을 갔습니다. 얼마 후에 여흥으로 옮겨졌는데 산수경치가 좋은 곳에서 시와 술로 낙을 삼으며 자기 거처에 편액을 달아 육우당六友堂이라 하였습니다. 육우당은 천령에 있었다고 하나 지금은 그 위치를 알 수 없습니다. 육우六友란 설월풍화雪月風花에 강산江山을 더한 것이라 합니다. 천령은 김구용의 외가가 있던 곳으로 비록 귀양살이긴 하지만 어머니를 모시고 사는 김구용을 부러워하며 이색李穡은 다음과 같은 글을 남겼습니다.

　　"경지敬之는 어머니를 모시는 틈틈이 강에서 배 타고 짚신 신고 산에 올라 낙화를 세고 청풍에 눈을 밟고 중을 찾고 달을 마주하고 손님을 청하니 사시四時의 즐거움이 또한 극치에 달했다. 경지는 일세에 독보獨步하는 분이다."

　　김구용은 1381년에 좌사의대부左司議大夫가 되자 8왕비 3옹주를 거느리고 있던 우왕禑王의 절제 없는 행동을 경계하는 글을 올려 직간直諫하는 기개 있는 선비였는데, 이듬해 성균관成均館 대사성大司成이 되었다가 얼마 후 판전교시사判典校寺事가 되었습니다. 1384년 행례사行禮使로 명에 가면서 국서와 백금 100냥, 세모시와 삼베 각 50필을 가지고 가다가 요동에서 명의 도성인 남경으로 압송되었습니다. 이는 다분히 명과 원의 알력으로 인한 결과였습니다. 김구용은 명 태조의 명령으로 지금의 운남雲南인 대리위大理衛로 귀양 가던 중 노주瀘州 영령현永寧縣에서 병을 얻어 마흔일곱 살의 나이로 세상을 떠났습니다. 1899년에 편찬한《여주읍지驪州邑誌》의 인물편에 등재되어 있습니다.

　　그는 시를 잘 짓기로 유명해, 이색은 그의 시를 가리켜, "붓을 대면 구름이나 연기처럼 뭉게뭉게 시가 피어나온다."고 하였습니다.

《동문선東文選》에 그의 시 여덟 편이 수록되어 있는데, 그 가운데 특히 무창시武昌詩가 유명합니다. 허균許筠은 이 시에 대해 청섬淸贍하다 하였고, 신위申緯도 〈동인논시절구東人論詩絶句〉에서 그의 시에 대해 감탄하고 있습니다. 《주관육익周官六翼》을 찬했으며, 문집인 《척약재집惕若齋集》이 전하고 있습니다. 전라북도 남원시 주생면 상동리의 용장서원龍章書院에 배향配享되었습니다.

며칠 이태리를 여행하고 왔습니다. 아들 녀석이 제 엄마 환갑이라고 싼 비행기 표를 용케 구했길래 손주 녀석까지 데리고 다녀온 여행이었습니다. 황당하고 희한한 나라 소식을 멀리서 페북으로만 접하느라 죄송스럽기 짝이 없더군요. 투스카나 지방을 둘러보고 로마로 돌아온 다음날이었습니다. 바티칸 박물관엘 가겠다고 주먹밥 도시락을 싸서 일찍 서둘러 나왔더니, 세워 둔 차가 없어졌네요. 헐! 옆 아파트에서 할아버지가 내려다보며, 견인차가 끌고 갔다고 손짓 발짓으로 이야기해 주십디다.

그제야 장애우 주차선 안에 차를 세운 잘못을 알았습니다. 상상도 못했습니다. 이리저리 힘겹게 주인집 아줌마의 도움으로 택시를 불러 타고 차를 견인한 곳을 찾아가니 아주 먼 공항 근처 시골구석이더군요. 견인 거리를 계산한 비용에 하룻밤 묵은 비용, 그리고 견인한 사람 인건비에 세금까지 200유로가 넘는 돈을 물어내고 차를 찾아 예약 시간을 넘겨 바티칸 박물관에 도착했습니다. 그래도 이태리 여행 네 번 만에 바티칸 박물관은 잘 구경했습니다. 혹 이태리에서 차 운전 하시거든 노란 선을 주의하십시오. 그리고 높은 곳에 자그맣게 세워져 있는 장애우 주차지역 표시가 없는지 꼭 확인하시구요. 하하.

산길을 가다

산행山行

— 두목杜牧

산길을 가다

원상한산석경사遠上寒山石徑斜　　멀리 오르는 쓸쓸한 산 돌길 비탈지고

백운생처유인가白雲生處有人家　　흰 구름 이는 곳에 인가가 있다.

정거좌애풍림만停車坐愛楓林晚　　수레 멈추고 앉아 즐기노니 단풍 숲은 저무는데

상엽홍어이월화霜葉紅於二月花　　서리 맞은 잎이 이월의 꽃보다 붉다.

한산寒山은 쓸쓸한 가을 산이겠지요. 두목(당唐803덕종德宗19~853희종僖宗3)은 풍채로 이름 날리던 바로 그 두목지杜牧之입니다. '취과양주귤만거醉過楊洲橘滿車 술에 취해 양주를 지나가니 기생들이 그 풍채에 혹하여 귤을 던져 수레에 가득하더라.'는 고사의 주인공 바로 그 두목지 말입니다. 자가 목지牧之고, 호는 번천樊川입니다. 경조부京兆府 만년현萬年縣, 즉 섬서성陝西省 서안시西安市에서 태어났습니다. 이상은李商隱과 함께 이두李杜로 불리며, 작품이 두보杜甫와 비슷하다 하여 소두小杜로도 불립니다. 스물여섯

에 진사에 급제하여, 굉문관교서랑宏文館校書郎이 되고, 황주黃州, 지주池州, 목주睦州 등에 지방장관격인 자사刺史를 역임한 뒤, 벼슬이 중서사인中書舍人까지 올랐습니다.

매사에 구애받지 않는 강직한 성품의 소유자로, 당나라의 쇠운을 만회하려고 무한히 노력하였습니다. 정치와 병법을 연구하고, 〈아방궁阿房宮의 부賦〉라는 시를 지어 경종敬宗을 충고하려고 애썼습니다. 산문에도 뛰어났지만 시에 더 뛰어났으며, 근체시近體詩, 특히 칠언절구七言絶句를 잘했습니다. 만당시대晚唐時代의 시인에 어울리게 말의 수식에 능했으나, 내용을 보다 중시하였습니다. 그러므로 역사에서 소재를 빌어 세속을 풍자한 영사적詠史的 작품이 나오고 함축성이 풍부한 서정시가 나왔습니다. 대표작으로 시 〈아방궁의 부〉 이외에 〈강남춘江南春〉《번천문집樊川文集》(20권) 등이 있습니다.

더불어 두목지의 풍채 이야기가 나오는 우리 시조 한 수 소개합니다.

이태백李太白의 주량酒量은 긔 엇더ᄒ여 일일수경삼백배一日須傾三百杯ᄒ며

두목지杜牧之의 풍도風度는 긔 엇더ᄒ여 취과양주醉過楊洲ㅣ 귤만거橘滿車ㅣ런고

아마도 이 둘의 풍채風采는 못내 부러ᄒ노라.

―《진본청구영언珍本靑丘永言 470》

가을날

추일秋日

— 권우權遇

가을날

죽분취영침서탑竹分翠影侵書榻

국송청향만객의菊送淸香滿客衣

낙엽역능생기세落葉亦能生氣勢

일정풍우자비비一庭風雨自飛飛

대는 푸른빛을 나누어 책상에 스미고

국화는 맑은 향기 보내 나그네 옷에 가득

낙엽 또한 바람 기운을 일으킬 줄 알아

온 뜰 비바람에 절로 펄펄.

권우(고려高麗1363공민왕恭愍王12~조선朝鮮1419세종世宗1)는 여말선초麗末鮮初의 학자로, 아버지는 검교정승檢校政丞을 지낸 권희權僖, 어머니는 한양군漢陽君으로 봉해진 정승 한종유韓宗愈의 딸입니다. 어려서는 형인 권근權近에게, 커서는 포은圃隱 정몽주鄭夢周에게 공부를 배웠습니다. 뒤에 세종대왕世宗大王과 학역재學易齋 정인지鄭麟趾의 스승이었습니다. 본관은 안동安東으로 처음 이름은 권원權遠, 처음 자는 중려仲慮였고, 뒤에 자를 여보慮甫로 바꾸었습니다. 호는 매헌梅軒입니다.

글씨를 잘 쓰고 시문에 능하였으며, 성리학과 주역에 밝았습니다. 저서로《매헌집梅軒集》, 글씨로 충청북도 충주에 소재한〈화산군권근신도비花山君權近神道碑〉등이 있습니다.

2008년 1월 정수일鄭守一 선생님을 따라 실크로드, 요르단, 시리아, 레바논 코스를 여행할 때입니다. 여행 마지막 날 레바논 트리폴리 해변 모래밭에서 지중해의 낙조를 보며 집사람과 나란히 앉아 노래를 불렀습니다.

"낙엽이 정처 없이 떠나는 밤에 꿈으로 아롱 새긴 정한情恨 십 년 길. 가야금 열두 줄에 설움을 걸어 놓고 당신을 소리 없이 불러 본 그날 밤이여."

박영호朴英鎬 작사에 김교성金敎聲 작곡, 백난아白蘭兒가 불러 1941년 12월에 태평레코드로 발매된〈직녀성織女星〉이란 노래입니다. 언제 오셨는지 강만길姜萬吉 선생님께서 한 말씀 하십니다.

"아니, 자네 몇 살인데 그 노래를 아는가?"

"저희 백형伯兄이 부르는 걸 어릴 적부터 들어 익힌 것 같습니다."

"가사도 우리가 대학 시절 부르던 그대로구먼. 자네 그 노래 2절이 어찌 시작하는지 아는가?"

"예, 시름은 천千 가지나 곡조曲調는 하나……. 아닙니까?"

"허허, 인생 다 살았구먼……."

문득 이 장면이 생각나는 이유가 뭔지 모르겠습니다.

청와대를 차지하고 나라를 이 지경으로 말아먹은 인간들의 죄가 천 가지가 넘겠지요. 곡조는 하나입니다. 퇴진해 수사받아야 합니다.

악부금가음(1) 고향 생각

한시를 읽다 보면 악부시집樂府詩集이니 악부신성樂府新聲이니 이태백李太白의 악부가음樂府歌吟이니 악부가행樂府歌行이니 악부樂府 시제詩題인 잡곡가가雜曲歌辭니 악부樂府 오성가곡吳聲歌曲이니 악부樂府 금곡가사琴曲歌辭니 악부樂府 고각횡취곡鼓角橫吹曲이니 등등의 이야기가 많이도 나옵니다.

    악부라는 말은 본래 한무제漢武帝가 교외에서 제사 지낼 때 예법을 챙기느라 설치한 관청 이름이었습니다. 악부에서 맡아 하는 주요한 일이 여러 지방의 민요를 채집하는 것이어서, 시간이 지남에 따라 악부라는 말은 채집한 민요를 가리키게 되었지요. 우리나라에서도 민가에서 부르는 노랫말을 채집하여 한역해서 악부시를 엮어 냅니다.

    이에 부끄럽지만 크게 마음먹고 악부금가음樂府今歌吟이란 이름으로 이 시대 노래를 한역해서 모아 보기로 했습니다.

    먼저 이은상李殷相 시, 홍난파洪蘭坡 곡의 〈고향 생각〉을 골랐습니다. 이백李白의 〈정야사靜夜思〉와 시정詩情이 비슷해 두 시를 비교합니다.

정야사靜夜思　　　　　　　고요한 밤 생각

　— 이백李白

상전간월광牀前看月光　　　　침상 앞 달빛을 보고

의시지상상疑是地上霜　　　　땅에 내린 서리인 줄 알았다.

거두망산월擧頭望山月　　　　머리 들어 산에 걸린 달 바라보고

저두사고향低頭思故鄕　　　　머리 숙여 고향 생각.

고향만이 그립겠습니까. 그리움의 상징처럼 고향이 쓰였겠지요. 이 〈고향 생각〉을 부르다 보면 1절은 넘어가는데 2절은 목이 메어 제대로 마쳐 본 적이 없습니다.

사고향思故鄕　　　　　　　고향 생각

　— 이은상李殷相 시, 콩밝偠朴 한역

작래선향리昨來船向里●○○●●　　어제 온 고깃배가 고향으로 간다 하기

전신후지방傳信後至傍○●●○◎　　소식을 전차하고 갯가로 나갔더니

기책범범원其舴汎汎遠○●○○●　　그 배는 멀리 떠나고

차정배배랑此汀湃湃浪●○●●◎　　물만 출렁거리오.

저두사석결低頭沙淅結○○○●●　　　고개를 수그리니 모래 씻는 물결이요

망소범운양望傃泛雲揚●●●○◎　　　배 뜬 곳 바라보니 구름만 뭉게뭉게

견시금부예見是衿袯穢●●○○●　　　때 묻은 소매를 보니

이가억고향而加憶故鄕○○●●◎　　　고향 더욱 그립소.

(오언율시五言律詩 평기식平起式 양운陽韻)

한자는 발음할 때 귀에 남는 울림을 운韻이라고 하며, 평성平聲·상성上聲·거성去聲·입성入聲의 4성聲으로 분류하고 있습니다. 평성

은 상평上平 15운韻, 하평下平 15운韻으로 되어 있습니다. 그리고 상성·거성·입성을 합쳐 측성仄聲이라 합니다.

　위에 하얀 바둑돌 같은 ○은 평성이란 표시구요, 까만 바둑돌 같은 ●은 측성이라는 표시입니다. ◎은 압운押韻이라는 표시입니다. 위의 시에서는 방傍·랑浪·양揚·향鄕이 모두 양운陽韻에 속하는 한자들입니다. 작시作詩의 원칙原則에 일운도저一韻到底, 즉 하나의 운韻으로 우수구偶數句에 압운押韻하게 되어 있습니다. 그리고 마치 퍼즐을 맞추듯 평측平仄을 배열하는 원칙이 있어 어렵고도 재미있습니다.

악부금가음② 겨울 길

어릴 적 부르던 동요 중에 이런 노래가 있습니다.

꽁꽁 얼음 밑에 붕어 새끼 자고,

하얀 눈 밑에는 새싹들이 잔다.

봄아 오너라, 어서 오너라.

이렇게 한역합니다.

동도冬途

— 콩밝倥朴 한역

겨울 길

빙하한강승적면氷下寒江鱸鰆眠 ○●○○●●◎   얼음 밑 차가운 강엔 붕어 새끼 잠자고

설중아잉망신천雪中芽芿望新天 ●○○●●○◎   눈 속에 새싹은 새 하늘 기다린다.

비가미매영춘원悲歌未寐迎春遠 ○○●●●○●   슬픈 노래 잠 못 이뤄 봄은 아직 먼데

객리명조몽리천客裡明朝夢裏遷 ●●○○●●◎   나그네 마음 이 아침도 꿈속을 헤맨다.

(칠언절구七言絶句 측기식仄起式 선운先韻)

측성仄聲은 상성上聲·거성去聲·입성入聲을 말하고, 평성平聲은 상평上平과 하평下平으로 되어 있다 말씀드렸지요. 106운자韻字 중에 상성은 29운, 거성은 30운, 입성은 17운이니까 측성은 모두 합쳐서 76운입니다. 그리고 상평에는 동東·동冬·강江·지支·미微·어魚·우虞·제齊·가佳·회灰·진眞·문文·원元·한寒·산刪 이렇게 15운韻이 있고, 하평에는 선先·소蕭·효肴·호豪·가歌·마麻·양陽·경庚·청靑·증蒸·우尤·침侵·담覃·염鹽·함咸 이렇게 15운이 있습니다. 합쳐서 평성 30운을 제외한 나머지는 다 측성인 게지요.

위의 시는 하평에 속하는 선운先韻입니다. 이 선운에 속하는 한자들로는 선先◗·전前·천千·천阡·천天·견堅·견肩·현賢·현弦·현絃·연煙·연蓮·연憐·전田·전箋·전鈿·년年·전顚·전巓·견牽·연姸·연硏◗·면眠·연淵·연涓·변邊·편編·현玄·현懸·천泉·천遷·선仙·선鮮·전錢·전煎·연然·연延·연筵·전氈·전顫·선禪·선蟬·전纏·전廛·연連·련聯·연漣·편篇·편偏·편便◗·면綿·전全·선宣·천穿·천川·연緣·연鳶·연鉛·연捐·선旋·연娟·선船·연涎·편鞭·전專·원員·건虔·권權·권拳·연椽·전傳·천芊·현舷·연鵑·편翩·연沿·원圓·연燃·선躔·전痊·잔潺·원湲 등이 있습니다.

선先에 ◗ 표시한 것은 평성으로 쓰일 때도 있고 측성으로 쓰일 때도 있다는 뜻입니다. 선先이 '먼저, 앞' 등의 뜻으로 쓰일 때는 평성의 선운先韻이나, '앞서다'라는 뜻으로 쓰일 때는 거성의 산운霰韻에 속합니다. 또 세洗와 같은 자로 '씻다'라는 뜻으로 쓰일 때는 상성의 선운銑韻에 속합니다. 그리고 측기식仄起式과 평기식平起式이란 것은 기구起句의 시작을 측성으로 시작하는 형식인가 평성으로 시작하는 형식인가를 나타낸 것입니다.

시골집에 묵으면서

숙안주촌사宿安州村舍

— 이달李達

안주의 시골집에 묵으면서

적설천산로積雪千山路　　　모든 산길에는 눈이 쌓였고

고연일수촌孤烟一水村　　　물가 마을에는 외로운 연기

행인욕투숙行人欲投宿　　　나그네는 잘 곳을 찾는데

잔일이황혼殘日已黃昏　　　해 기울어 이미 황혼.

안주安州는 평안도에 있는 고을인가 봅니다. 이달(조선朝鮮1539중종中宗34~1612광해군光海君4)의 자는 익지益之, 호는 손곡蓀谷, 동리東里, 서담西潭을 썼습니다. 서얼庶孼입니다. 충청도 홍주 출신으로, 조선 초 대문장가인 쌍매당雙梅堂 이첨李詹의 먼 후손이자 부정副正 이수함李秀咸의 서자로 태어났습니다.

사역원司譯院 소속으로 중국어와 이문移文에 관한 일을 맡아보던 벼슬인 한리학관漢吏學官을 잠시 지냈으나 곧 물러났습니다. 한때 강원도 원주 손곡리에 정착하여 당시唐詩를 연구하여, 손곡이란 호를 썼습니다.

고죽孤竹 최경창崔慶昌, 옥봉玉峰 백광훈白光勳과 함께 당시唐詩에 능하다고 알려져 삼당시인三唐詩人으로 불렸으며,《문선文選》《태백太白》《성당십이가盛唐十二歌》등을 전부 욀 정도로 한시의 대가였습니다. 성소惺所 허균許筠의 〈손곡산인전蓀谷散人傳〉에 따르면, 신라 이래 당시를 지은 자 중 손곡을 따를 자가 없다고 했습니다. 명나라 사신 주지번朱之蕃과 석주石洲 권필權韠도 손곡의 시를 이백李白의 시에 섞어 놓으면 안목 있는 자도 구분하기 어려울 정도라고 극찬했습니다.

또, 〈구운몽九雲夢〉의 저자 서포西浦 김만중金萬重도《서포만필西浦漫筆》에서 그의 〈별이예장別李禮長〉을 조선 최고의 오언절구라고 했습니다. 그의 시에는 아취가 있는 서정시도 많으나, 임진왜란 전후에 고단한 삶을 살았던 당시 백성들의 아픔을 노래한 시도 많이 남겼습니다.

허균은 손곡의 제자로, 서자 출신이었던 스승 손곡의 생을 동기動機로 삼아 한글소설인 〈홍길동전〉을 지었습니다. 또한, 허난설헌許蘭雪軒이 조선 최고의 여류시인으로 명나라에까지 그 명성이 자자했던 것도 스승 손곡이 있었기 때문일 겁니다.

손곡은 전국을 떠돌며 여러 벗들과 어울려 시 짓기를 즐기다, 말년에 평양 여관에서 세상을 떠났다고 합니다. 문장에 뛰어나 이이李珥, 송익필宋翼弼, 최립崔岦, 최경창崔慶昌, 백광훈白光勳, 이산해李山海, 하응림河應臨 등과 함께 팔문장계八文章系로 불렸습니다.

김만중이《서포만필》에서 조선 최고의 오언절구라 했던 〈별이예장〉이《국조시산國朝詩刪》에는 이렇게 실려 있습니다.

강릉별이예장지경江陵別李禮長之京

— 이달李達

강릉에서 서울로 가는 이예장과 헤어지며

동화야연락桐花夜烟落

해수춘운공海樹春雲空

타일일배주他日一盃酒

상봉경락중相逢京洛中

오동꽃은 밤안개에 지고

바닷가 나무엔 봄 구름 사라졌다.

훗날 한잔 술로

서울에서 만나세.

해수춘운공海樹春雲空은 두보杜甫의 〈춘일억이백春日憶李白〉에 보이는 위북춘천수渭北春天樹 강동일모운江東日暮雲과 의경이 흡사해 '벗을 그리는 마음을 표현한 구절'로 해석합니다.

山光照檻水繞廊　舞雩歸詠菁花香
好鳥枝頭亦朋友　落花水面皆文章
蹉跎莫遣韶光老　人生惟有讀書好
讀書之樂樂何如　綠滿窗前草不除

新竹壓簷桑四圍　小齋幽敞明朱曦
晝長吟罷蟬鳴樹　夜深燈落螢入幃
北窗高臥羲皇侶　只因素稔讀書趣
讀書之樂樂無窮　援琴一曲來薰風

昨夜庭前葉有聲　籬豆花開蟋蟀鳴
不覺商意滿林薄　蕭然萬籟涵虛清
近床賴有短檠在　趁此讀書功更倍
讀書之樂樂陶陶　起弄明月霜天高

木落水盡千崖枯　迥然吾亦見真吾
坐對韋編燈動壁　高歌夜半雪壓廬
地爐茶鼎烹活火　一清足稱讀書者
讀書之樂樂何處　數點梅花天地心

책 읽는 즐거움

사시독서락四時讀書樂

— 주희朱熹

사계절 책 읽는 즐거움

산광조함수요랑山光照檻水繞廊

무우귀영춘화향舞雩歸詠春花香

호조지두역붕우好鳥枝頭亦朋友

낙화수면개문장落花水面皆文章

차타막견소광로蹉跎莫遣韶光老

인생유유독서호人生惟有讀書好

독서지락락여하讀書之樂樂如何

녹만창전초부제綠滿窓前草不除

산빛은 난간을 비추고 물은 행랑을 둘러 가는데

비 오라 춤추고 노래 부르며 돌아오니 봄꽃도 향기롭다.

가지 끝 예쁜 새도 또한 벗이요

물 위에 떨어진 꽃도 다 무늬요 글이구나.

하릴없이 봄 풍광 쇠하는 것을 그냥 보내지 말고

인생에는 모름지기 독서라는 좋은 것이 있나니

책 읽는 즐거움이 어떠한 즐거움인가.

창밖이 초록으로 가득해도 풀을 뽑지 않는다네.

무우귀영舞雩歸詠은 자연을 즐기는 쾌락을 이릅니다. 차타蹉跎는 '미끄러져 넘어짐, 시기를 잃음, 이룬 일 없이 나이만 먹음'이란 뜻입니다. 견遣은 '보내다, 놓아주다'는 뜻이구요. 소광韶光은 '화창한 봄 경치, 아름다운 풍광, 풍류와 풍광'을 말합니다.

신죽압첨상사위新竹壓簷桑四圍	새로 돋은 대나무가 처마를 누르고 뽕나무가 사방을 둘렀는데
소재유창명주희小齋幽敞明朱曦	작은 서재는 높고 그윽해 붉은 햇빛에 환하다.
주장음파선명수晝長吟罷蟬鳴樹	낮은 길어 읊조림을 그치니 매미가 나무에서 울고
야심등락형입위夜深燈落螢入幃	밤 깊어 등잔 꺼지니 반딧불이 휘장으로 든다.
북창고와희황려北窓高臥羲皇侶	북창에 베개 높이고 누워 복희씨 때를 벗함은
지인소임독서취只因素稔讀書趣	다만 책 읽기 좋아하는 것을 잘 알고 있기 때문이라네.
독서지락락무궁讀書之樂樂無窮	책 읽는 즐거움은 끝없는 즐거움이라
원금일주래훈풍援琴一奏來薰風	거문고 당겨 한번 연주하니 따뜻한 바람 불어온다.

유창幽敞은 '높고 넓고 그윽하다'는 뜻입니다. 주희朱曦는 '붉은 햇빛'이구요. 고와高臥는 '베개를 높이고 눕는다'는 뜻으로, '벼슬을 버리고 세속을 벗어나 사는 것'을 이르는 말입니다. 희황羲皇은 복희伏羲씨 때의 태평성대를 말합니다. 소임素稔은 '평소부터 익히 알고 있음'이란 뜻입니다.

래훈풍來薰風은 순舜임금이 금琴을 연주하며 "남풍지훈혜南風之薰兮 가이해오민지온혜可以解吾民之慍兮 남풍지시혜南風之時兮 가이부오민지재혜可以阜吾民之財兮 남풍의 따스함이여, 우리 백성의 근심을 풀 것이로다. 남풍이 불 때 재물을 풍성하게 할 수 있구나."라는 〈남풍南風〉 시를 노래했다는 전고典故에서 따온 말입니다.

작야정전엽유성昨夜庭前葉有聲　　　지난밤 뜰에 나뭇잎이 소리를 내더니

이두화개실솔명籬荳花開蟋蟀鳴　　　울타리에 콩꽃 피고 귀뚜라미 운다.

불각상의만림박不覺商意滿林薄　　　숲 가득 가벼운 가을의 정취를 깨닫지 못해

소연만뢰함허청蕭然萬籟涵虛淸　　　온갖 소리 쓸쓸하고 허공은 잠겨 맑은데

근상뢰유단경재近床賴有短檠在　　　상 가까이 짧은 등잔걸이 있음으로

대차독서공경배對此讀書功更倍　　　이를 마주하고 책 읽는 공이 배로 더하다.

독서지락락도도讀書之樂樂陶陶　　　책 읽는 즐거움 기쁘고 기쁘게 즐겁고

기롱명월상천고起弄明月霜天高　　　일어나 밝은 달 희롱하니 가을밤 하늘 높구나.

실솔蟋蟀은 귀뚜라미입니다. 상의商意는 가을의 정취인데, 상商은 오음五音의 하나로 서쪽과 가을에 배당되어 비애悲哀, 적료寂寥 등을 상징합니다. 만뢰萬籟는 자연의 온갖 소리입니다. 함허涵虛는 물에 비친 허공, 물에 잠긴 하늘이지요. 뢰賴는 힘입다, 의뢰, 말미암음, 인仍함, 이익, 선량함, 때마침 운이 좋아서 등의 뜻이 있습니다. 첩어 중 도도陶陶는 말을 달리는 모양, 또 흐뭇이 즐기는 모양, 그리고 밤이 긴 모양입니다. 상천霜天은 서리 내리는 밤하늘입니다.

목락수진천애고木落水盡千崖枯　　　나뭇잎 떨어지고 물 다하고 모든 기슭 말랐으니

유연오역견진오逌然吾亦見眞吾　　　나 또한 느긋하게 내 참모습을 보는구나.

좌대위편등동벽坐對韋編燈動壁　　　주역을 마주하니 등잔불은 벽에 아롱거리고

고가야반설압려高歌夜半雪壓廬　　　소리 높여 읊조리니 한밤중에 눈은 오두막을 짓누른다.

지로팽천연활화地爐烹泉然活火   화로에 샘물 끓이니 활활 타는 불이요

일청족칭독서자一清足稱讀書者   한잔 맑음에 흡족해 독서가라 부른다.

독서지락하처심讀書之樂何處尋   읽는 즐거움 어디서 찾는가?

수점매화천지심數點梅花天地心   몇 송이 매화에 천지 마음이 담겼다.

위편韋編은 책을 맨 가죽끈입니다. 공자는 만년에 《주역周易》을 즐겨 읽었으며, 《주역》을 읽는 동안 죽간竹簡을 연결하는 위편이 세 번 끊어졌다는 위편삼절韋編三絶 고사가 전합니다.

'지로팽천연활화地爐烹泉然活火 일청족칭독서자一清足稱讀書者' 연련聯이 '지로다정팽활화地爐茶鼎烹活火 사벽도서중유아四壁圖書中有我 화로에 차 솥 활활 타오르는 불에 끓이고, 사방 벽에 책이라. 그 속에 내가 있다.'로 된 판본도 있나 봅니다.

《건치신문》을 창간할 때 '건강한 사회'란 제호를 써 주셨던 무위당无爲堂 장일순張壹淳 선생님의 서화자료집書畵資料集을 뒤적이다가 이 주자朱子의 시를 발견하고 풀어 봤습니다. 8폭 병풍인데 가운데 4폭을 도연명陶淵明의 〈도화원기桃花原記〉로 채우고 앞의 두 폭에 〈사시독서락四時讀書樂〉 봄 여름, 뒤 두 폭에 가을 겨울 편을 넣은 작품이군요. 옛 선비들이 주자를 얼마나 닮고 싶어 하며 공부를 했는지 어떤 사전을 뒤지든 모든 구절이 막힘없이 풀이되어 있네요.

겨울날 손과 찬 술을 마시며 장난삼아 짓다

동일여객음냉주희작冬日與客飲冷酒戱作

— 이규보李奎報

설만장안탄가대雪滿長安炭價擡

한병동수작향배寒瓶凍手酌香醅

입장자난군지불入腸自暖君知不

청대단하상검래請待丹霞上臉來

장안에 눈이 가득하여 숯 값이 올랐기에

찬 병에 든 거르지 않은 향기로운 술을 언 손으로 따라 마신다.

장에 들어가면 절로 따뜻해진다는 걸 그대는 아실랑가.

두고 보시게나, 이제 곧 뺨에 붉은 노을이 올라올 테니.

이 책에 처음 소개한 작품이 이규보의 시였지요. 다시 소개합니다. 시, 거문고, 술, 세 가지를 지독하게 좋아해 삼혹호선생三酷好先生이라 불리던 이규보(고려朝鮮1168의종毅宗22~1241고종高宗28)는 고려의 문신입니다. 본관은 황려黃驪. 초명은 인저仁氐, 자는 춘경春卿, 호는 백운거사白雲居士, 백운산인白雲山人이며, 시호는 문순文順입니다.

《동국이상국집東國李相國集》으로 유명하며, 고주몽의 일대기를 소재로 한 서사시 〈동명왕편東明王篇〉의 저자이기도 하지요. 무인 집권기의 화를 피하여 살아남은 소수의 문인 중의 한 사람입니다.

이규보는 당대 큰 문장가이던 이인로李仁老와는 정반대의 문학관을 갖고 있었습니다. 이인로의 용사론用事論이 과거의 고전에서 좋은 구절을 응용하여 시를 짓자는 의견인 반면, 이규보는 자신의 개성을 발휘하여 시인 자신의 목소리로 독창적인 표현을 써야 한다는 신의론新義論을 주장했습니다. 때문에 이규보의 작품에는 기존 한시에서는 쓰지 않았던 매우 독창적이면서도 그 표현이 탁월한 명구名句가 많습니다. 이 시도 기발하고 재미있지 않습니까?

곧 설입니다. 물가가 장난이 아닙니다. 설 잘 쇠시고 새해에는 늘 웃음 가득한 일만 있기를 빕니다.

봄을 기다리는 노래

〈춘망사春望詞〉라는 설도薛濤(당唐768대종代宗3?~832문종文宗6)의 시가 있습니다. 망望은 '바라다, 기다리다'는 뜻입니다. 그래서 〈춘망사〉는 '봄을 기다리는 노래'겠지요. 우리가 알고 있는 가곡 〈동심초同心草〉가 바로 이 설도의 〈춘망사〉 중 세 번째 시인 '풍화일장로風花日將老 가기유묘묘佳期猶渺渺 불결동심인不結同心人 공결동심초空結同心草'를 김소월金素月의 스승인 김억金億이 풀고 김성태金聖泰가 작곡한 겁니다. 자료를 찾았더니 김억이 여러 출판물에 같은 시를 다르게 번역한 것을 모아 〈동심초〉의 1절과 2절의 가사로 붙였더군요.

꽃잎은 하욤업시 바람에 지고

만날 날은 아득타 기약이 업네.

서로서로 맘과 맘 맺지 못하고

얽나니 풀잎사귀 쓸데잇는고.

(중외일보, 1930. 9. 4)

꽃잎은 하욤없이 바람에 지고

만날 날은 아득ㅎ다 기약이 없네.

무심ㅎ다 맘과 맘은 맺지 못하고

한가피의 풀잎만 뭐라 맺는고.

(학등, 1934. 6. 6)

꽃잎은 하욤없이 바람에 지고

만날 날은 아득타 기약이 없네.

무어라 맘과 맘은 맺지 못하고

한갓되이 풀잎만 맺으랴는고.

(망우초, 1934. 9. 10)

바람에 꽃이 지니 세월 덧없어

만날 길은 뜬구름 기약이 없네.

무어라 맘과 맘은 맺지 못하고

한갓되이 풀닢만 맺으랴는고.

(동심초, 1943. 12. 31)

당시에 번역시飜譯詩의 개작改作은 드문 일이 아니었다고 합니다. 어찌되었든 이 〈동심초〉를 한시 번역의 최고봉이라고들 말합니다.

여기서는 또 다른 한시의 맛을 느껴 보시기 바랍니다.

춘망사春望詞　　　　봄을 기다리는 노래

— 설도薛濤

其一

화개부동상花開不同賞　　　꽃 피어도 함께 즐길 수 없고

화락부동비花落不同悲　　　꽃이 져도 함께 슬퍼 못하네.

욕문상사처欲問相思處　　　묻노니, 그대 어디 계신가.

화개화락시花開花落時　　　꽃 피고 또 지는 이 시절에.

其二

남초결동심攬草結同心　　　풀 뜯어 동심결로 매듭을 지어

장이유지음將以遺知音　　　그대에게 보내려 마음먹는데

춘수정단절春愁正斷絶　　　그리워 타는 마음 잦아질 즈음

춘조부애음春鳥復哀吟　　　봄 새가 다시 와 애타게 우네.

其三

풍화일장로風花日將老　　　　바람에 꽃잎은 날로 시들고

가기유묘묘佳期猶渺渺　　　　꽃다운 기약은 아득만 한데

불결동심인不結同心人　　　　한마음 그대와 맺지 못하고

공결동심초空結同心草　　　　공연히 동심초만 맺고 있다네.

其四

나감화만지那堪花滿枝　　　　어쩌나 가지 가득 피어난 저 꽃

번작양상사翻作兩相思　　　　날리어 그리움으로 변하는 것을

옥저수조경玉箸垂朝鏡　　　　거울 속 옥 같은 두 줄기 눈물

춘풍지부지春風知不知　　　　바람아 봄바람아 너는 아느냐.

　　설도는 중국 당나라 때의 기녀이며 여류 시인입니다. 자는 홍도洪度이구요. 장안 사람으로 아버지 설운薛鄖을 따라 성도成都에 왔다고 합니다. 어려서부터 총명하고 음률에 밝아 나이 여덟 살에 시를 지었다네요. 그러나 열네 살에 아버지가 죽고 가세가 기울어 열여섯에 기녀가 되었답니다.

　　기녀로서 설도는 당시 검남서천절도사劍南西川節度使로 성도에 부임해 온 무원형武元衡, 단문창段文昌, 이덕유李德裕 등 명사들과 교류하였답니다. 특히 설도가 열여덟 살 때 서천절도사西川節度使로 부임해 온 위고韋皐라는 이는 그녀를 몹시 아껴, 막부幕府에서 여는 연회에 그녀를 자주 불러 시를 짓도록 하였으며, 조정에 비서성祕書省의 교서랑校書郞 직에 임명해 달라는 주청을 올리기

도 하였는데, 주청은 받아들여지지 않았으나 이후 그녀는 문인들로부터 여교서女校書라 불리게 되었답니다.

그러나 나중에 위고의 조카 위정관이 과거에 급제해 관리가 되었을 때 설도가 그에게 보낸 구애求愛의 시가 위고의 귀에 들어가게 됩니다. 위고는 설도에게 배신감을 느끼고 그녀를 송주松州로 보내 버렸지요. 송주에서 설도는 십리시十離詩를 지어 위고에게 용서를 구했지만, 위고는 설도를 성도로 불러들이는 대신 기적妓籍에서 지우고 막부에서도 내쫓아 버렸습니다.

이후 성도에 감찰어사監察御史로 부임해 온 원진元稹과 알게 되어 4년을 보냈는데, 설도가 먼저 원진을 떠나고 원진도 다른 관직에 임명되면서 장안으로 돌아가게 되었습니다. 금강 포구에서 배를 타고 출발하는 원진을 설도가 만나러 왔지만 서로 아무 말도 하지 않은 채 헤어졌고, 원진이 떠난 뒤 설도는 사랑의 시를 써서 원진에게 보냈으며 원진 역시〈기증설도寄贈薛濤〉라는 시로 대답했지만, 이후 원진이 새 부임지 절강에서 유채춘이라는 연극배우와 사랑에 빠졌다는 것을 알게 된 설도는 이후 다시는 남자를 만나지 않겠다고 맹세했다고 합니다.

만년에는 여도사의 옷을 입고 벽계방에 살면서 음시루吟詩樓를 세웠다고 하네요. 설도의 무덤은 중국 사천성四川省 성도시成都市 무후구武侯區 망강로望江路에 조성된 망강루공원望江樓公園 북서쪽 대나무 숲속에 있으며, 묘비는 그녀의 묘지명과 함께 당시 검남절도사로 있던 단문창이 서천여교서설도홍도지묘西川女校書薛濤洪度之墓라고 써 주었다고 합니다. 1994년에 다시 '당여교서설홍도묘唐女校書薛洪度墓'라고 쓴 비석이 세워졌다고 하니, 혹 여행길이 있으면 찾아볼 일입니다.

설도의 문집으로《금강집錦江集》5권이 있었다고 하나 지금은 전하지 않습니다.《전당시全唐詩》에 그녀의 시 한 편이 수록되어 있습니다. 완화계浣花溪에 머물면서 그녀는 백거이白居易, 원진元稹, 우승유牛僧孺, 영호초令狐楚, 장적張籍, 두목杜牧, 유우석劉禹錫 등 문인과도 교류한 명기名妓로 알려졌습니다.

장위張爲가 지은《시인주객도詩人主客圖》에는 설도의 시를 청기아정淸奇雅正이라 평하며 가도賈島, 방간方干, 항사項斯 등과 같은 반열에 두었습니다. 원元의 신문방辛文房은 설도의 시를 두고 "정情이 필묵에 가득하고 한원숭고翰苑崇高하다."고 하였으며, 청淸

의《사고제요四庫提要》에서는 〈주변루籌邊樓〉라는 시에 시정의 여성으로는 보기 드문 우국憂國의 정이 담겨 있다고 지적하였습니다.

　　설도가 송주에서 돌아와 완화계에서 살 때, 지역 주민들이 종이 만드는 것을 보고 배워 목부용 껍질로 붉은 색 종이를 만들어 그 종이에 시를 쓰곤 했답니다.《운부군옥韻府群玉》에 따르면 설도는 보통의 종이 폭이 너무 크고 넓다며 작고 좁게 줄인 종이를 만들었는데, 훗날 사람들은 이 종이를 설도전薛濤箋, 설전薛箋 또는 촉전蜀箋이라 불렀다고 합니다. 진한 붉은색으로 색이 예쁘고 크기도 아담해 이 종이에 연애의 시를 써서 보내는 것이 유행이었다고 하네요. 망강루공원 안에는 설도가 설도전을 만들 때 물을 길어다 썼다던 우물이 남아 있습니다. 설도 이야기는 위키백과에서 인용합니다.

간밤에

작야昨夜   간밤에

— 권필權韠

작야서원취昨夜西園醉   간밤에 서쪽 정원에서 술에 취해

귀래대월면歸來對月眠   돌아와 달 보며 잠이 들었지.

효풍다의서曉風多意緒   새벽바람 퍽이나 다정하여

취몽도매변吹夢到梅邊   꿈을 불어 매화 곁에 이르렀구나.

권필(조선朝鮮1569선조宣祖2~1612광해군光海君4)은 〈살구꽃 진다, 접동이 운다〉편에서 소개했습니다.

기다리던 봄을 찾아 멀리도 왔건마는

고매古梅 등걸에 봄소식 흔적 없고

무심한 하늘엔 흰 눈만 펄펄.

— 콩밝侄朴(2014)

봄이 오고 있습니다. 진정한 봄이길 기원합니다.

산속 집에서

산거山居
— 콩밝倥朴

산속 집에서

공호수유목空岵茱萸木 ○●●○○●　　　　빈산에 노란 꽃

동풍흘자개東風挖自開 ○○●●◎　　　　봄바람이 어루만져 절로 피었구나.

암향요교몽暗香搖覺夢 ●○○●●　　　　그윽한 향기가 꿈 흔들어 깨우니

호처청효배呼妻請肴杯 ○●●○◎　　　　아내 불러 술상 청한다.

(오언절구五言絶句 측기식仄起式 회운灰韻, 2015년)

나이 들며 은둔하여 살고 싶은 숲을 석천송풍지간石泉松風之間이라 하지요. 그런데 이 바위틈 맑은 샘과 푸르고 높은 소나무에 부는 바람 사이를 잊지 못해 병든 이를 가리켜 석천고황石泉膏肓, 연하고질煙霞痼疾, 또는 산림고질山林痼疾에 걸렸다 합니다. 고질痼疾은 오래되어 고치기 어려운 병을 말하지요. 고황膏肓은 심장心臟과 횡격막橫隔膜 사이를 말합니다. 이곳에 병이 들면 역시 고치기 어

렵다고들 하지요.

그런데 사실 석천연하石泉煙霞의 아취雅趣가 없으면 시의 맛이 없을 테고 또 요즘 같은 세상에 어디 삭막해서 살맛이 나겠습니까? 병이나 마나 아, 나는 언제나 석천송풍지간에 들어 살꼬?

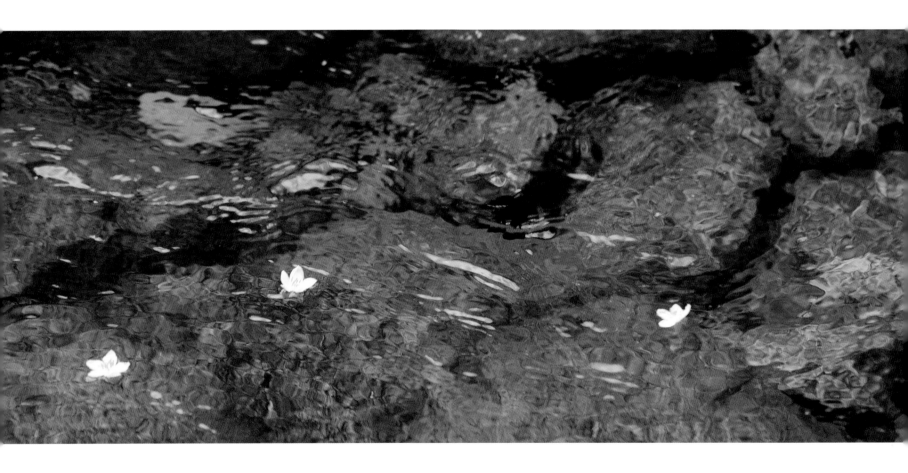

가버린 사람을 생각하며

억과인憶過人
— 콩밝倥朴

춘치희명만록산春雉僖鳴滿綠山 ○●○○●●◎

도화류수곡잔잔桃花流水曲潺潺 ●○○●●○◎

고인불식주향절故人不識酒香節 ●○○●●●○◎

류하시비종일관柳下柴扉終日關 ●●○○○●◎

(칠언절구七言絶句 측기식仄起式 산운刪韻, 2012)

가버린 사람을 생각하며

봄 꿩 우는 소리 초록빛 산에 가득한데

복사꽃 떠 흐르는 물은 굽이쳐 졸졸

옛 님은 술 향기로운 때를 모르시는지

버들 아래 사립문이 종일 잠겨 있다.

‘춘치자명春雉自鳴’ 하고 싶었는데 평측平仄이 맞지 않아 ‘춘치희명春雉僖鳴’이라 했습니다. 과인過人은 소설가이며 번역가이며 신화학자神話學者였던 이윤기李潤基(1947~2010) 선생의 호이기도 합니다. 동네에서 처음 선생을 만나 인사하고, 따뜻한 봄날 동네 뒷동산 묏등을 찾아 여수 사시는 누님이 보내오셨다는 공당공당한 갓김치에 막걸리와 흘러간 옛 노래로 어색함을 삭이고는 서로 엎드려

절하고 호형호제하며 지내게 되었습니다. 그리고 날마다 저녁이면 선생 댁에서 만나 술잔 앞에 두고 '어른의 학교'가 열렸습니다. 즐거운 인문학의 바다에 풍덩 빠진 느낌이었습니다. 또 얼굴이 불콰해질 즈음이면 '춘치자명春雉自鳴'이라 '봄 꿩은 스스로 운다.' 하며 각자 흥이 이는 대로 흘러간 옛 노래에 오페라 아리아까지 노래를 이어갔지요.

이제 봄이 와도 선생의 노래를 들을 수가 없네요. 가 버린 사람이 그리운 봄입니다.

시조로도 엮어 봤습니다.

춘치春雉가 자명自鳴ㅎ니 천산千山에 봄이로다.

가신 님은 주향가절酒香佳節을 아는다 모르는다.

유하柳下에 시비柴扉가 왼종일 닫혔구나.

─ 콩밝侳朴(2017)

쓸쓸하고 고요함

적막寂寞

쓸쓸하고 고요함

— 정곡鄭谷

강군인희변시촌江郡人稀便是村   강가 고을은 사람이 드물어 바로 시골이라.

답청천기욕황혼踏靑天氣欲黃昏   답청할 날씨에 날은 저물어 가는데

춘수불파환성취春愁不破還成醉   봄 시름 이기지 못해 다시 취하니

의상누흔화주흔衣上淚痕和酒痕   옷엔 눈물 자국 그리고 술 자국.

변시便是는 '다를 것이 없이 바로 곧 이것임'이란 뜻입니다. 답청踏靑은 '봄에 파랗게 난 풀을 밟으며 즐기는 일'이니, 옛사람들이 음력으로 3월 3일이면 즐기던 놀이입니다. 환還은 '도리어, 다시, 돌아오다'는 뜻의 글자입니다.

정곡(당唐848 선종宣宗2~후양後梁911태조太祖5)은 당조 말기의 저명한 시인으로, 호는 수우守愚입니다. 한족漢族이구요. 강서성江西省 의춘시宜春市 원주구袁州区 사람입니다. 당 희종僖宗 때 진사, 도관랑중都官郎中 벼슬을 지내 사람들이 정도관鄭都官이라

불렀답니다. 〈자고시鷓鴣詩〉로 이름을 얻어 사람들이 정자고鄭鷓鴣라 부르기도 했답니다.

그의 시는 정경情景을 읊은 것과 영물詠物한 것이 많습니다. 표현은 사대부들처럼 한정일치閑情逸致하다 하겠고, 풍격風格은 청신통속淸新通俗하나 다만 흐름이 얕다고 평가받습니다. 문집 중《원유집原有集》은 사라졌고,《운태편云台編》이 남아 있습니다.

지난 한시산책 이야기를 듣고 중학교 동기 모임에 갔습니다. 춘치자명春雉自鳴 이야기를 듣던 시골에서 자란 친구가 다른 친구를 가리키며, 봄 꿩이 꿩 꿩 우는 소리를 도시에서 자란 저 친구는 모를 거라며 귀에서 들리는 것 같다고 옛 시골을 그리워하였습니다. 그러자 그 도시에서 자랐을 거라고 여겨졌던 친구가 빙그레 웃으며, 그럼 너는 달 떠오를 때 달맞이꽃 터지는 청아한 소리를 아느냐 물었지요. 도라지꽃도 마찬가지 소리를 내긴 하는데 아이들이 재미있다고 미리 터뜨리고 다녀서 듣기 쉽지 않다 했습니다.

저도 처음 듣는 이야기였습니다. 친구 녀석들 서울살이에 다들 머리가 셌지만 모두 시골을 그리워하고 있었지요. 그러자 다시 한 친구가 할아버지가 소여물 쑤기 전에 논두렁에 가서 꼴 베어 오라 시켜서 새벽이슬 맞으며 논두렁 풀을 베면 그 풀들이 몸을 내어 주면서 풀 내음을 함께 선물하는데 그 싱그러움을 아직도 잊을 수가 없노라 했습니다.

그러면서 지금 같지 않게 우리 어릴 적 산에는 나무가 없고 풀만 우거졌었는데, 할머니 가져다드리면 너무 좋아하셔서 가끔 혼자 도라지 캐러 산엘 오르는데 초록빛 사이에 유난히 보랏빛이 눈에 잘 띄더라고 했습니다. 거의 수백 미터 앞에 있는 도라지꽃도 보인다고 원래 보라색이 멀리 보이는 거냐고 되물었습니다.

이야기 나온 김에 손주 녀석들 데리고 시골 가서 좀 살아야겠다고도 했습니다. 예전 모임 같지 않게 춘치자명 덕분에 친구들이랑 격조 있는 이야기로 마음이 너무나 푸근해졌습니다. 모두들 가슴속에 다른 그림의 그리움이 들어 있었습니다.

미리 가을 시 하나 억지춘향으로 끼워 넣습니다.

추향고체秋鄕古體

— 콩밝侳朴

가을 고향

월영화개성月迎花開聲　　　　달맞이꽃 터지는 소리

길경자화파桔梗紫花坡　　　　도라지 보라 꽃 고개

독우목동적犢牛牧童笛　　　　송아지 목동의 피리 소리

망엽명비다芒葉鳴悲多　　　　으악새도 슬피 운다.

수줍은 봄날, 봄 시름에 겨워 동무들과 작취불성作醉不醒 해 보는 것도 마냥 꿈같은 일입니다.

밤 회포

야회夜懷

— 정철鄭澈

밤 회포

불어유유좌오경不語悠悠坐五更   말없이 골똘하게 앉았노라니 새벽

우성하처잡계성雨聲何處雜溪聲   빗소린지 개울 소린지 섞여서 들린다.

창전로기기유횡窓前老驥饑猶橫   창 앞에 늙은 말은 주려도 기운차고

운리한섬암갱명雲裏寒蟾暗更明   구름 속 차가운 달은 어둡다 다시 밝다.

백수시지교도박白首始知交道薄   우정이 야박해진 걸 늙어서야 알게 되니

홍진이각환정경紅塵已覺宦情輕   벼슬길 정이 가벼움을 붉은 먼지 속에서 이미 알았노라.

연래일사포난거年來一事拋難去   연내에 저버리기 어려운 일 하나는

호외사구유구맹湖外沙鷗有舊盟   호숫가 갈매기와 맺은 옛 맹세라네.

중국발 황사 소식에도 어쩔 수 없는 봄날의 청명함에 나른한 듯 젊은 날의 기억이 스멀스멀 기어오릅니다. 술잔 앞에 두고 친구들과 세상 돌아가는 이야기와 말싸움으로 통금시간을 넘기고 들어간 여인숙에서 희미한 백열등을 공유하는 얇은 벽 너머 들려오는 백구사 白鷗詞.

"이 오빠 못 믿어?"

옛적에 해옹海翁이 아침에 해상으로 나갈 적에, 갈매기가 이르러 오는 수를 백百으로 헤아린 것은 기심機心이 없는 까닭이요, 붙들어 구경하고자 하기에 이르러서는 공중에서 춤추며 내려오지 아니하니, 그것은 기심이 동했기 때문이라. 오직 기심이 있고 없음을 갈매기가 먼저 알아채는 법이니.

나지 마라 너 잡을 내 아니로다.

성상聖上이 바리시니 너를 좇아 예 왔노라.

오류춘광五柳春光 경景 좋은데

백마금편白馬金鞭 화류花遊가자.

운침벽계雲沈碧溪 화홍류록花紅柳綠헌데

만학천봉萬壑千峰 빚은 새뤄

호중천지壺中天地 별건곤別乾坤이 여기로다.

고봉만장高峰萬丈 청기울靑氣鬱헌데,

녹죽창송綠竹蒼松은 높기를 다투어

명사십리明沙十里에 해당화만 다 피어서

모진 광풍을 견디지 못하여

뚝뚝 떨어져서 아주 펄펄 날아나니

긘들 아니 꽃일러냐.

바위 암상岩上에 다람이 기고

시내 계변溪邊에 금자라 긴다.

조팝나무에 피죽새 소리며,

함박꽃에 벌이 와서 몸은 둥글고 발은 작으니

제 몸에 못 이겨 동풍이 건듯 불제마다,

이리로 접두적 저리로 접두적,

너흘너흘 춤을 추니

긘들 아니 경일러냐.

황금 같은 꾀꼬리는 버들 사이로 왕래를 허고,

백설 같은 흰 나비는 꽃을 보고 반기어서 날아든다.

두 나래 펼치고 날아든다 떠든다.

까맣게 별같이 높다랗게 달같이 아주 펄펄 날아드니

긘들 아니 경일러냐.

국립국악원 문화학교에서 우봉又峯 이동규李東圭 선생께 배우는 정가正歌 수업시간이 너무 재미있습니다. 이 시대를 반영한 가사歌詞 〈백구사白鷗詞〉가 있다면 어떠해야 할까 이리 발칙한 생각 속에 빙그레 웃음 지며 봄날을 보냅니다. 대통령 후보들이 이리저리 뛰어다닙니다. 봄, 봄, 봄입니다.

송화 가루 날릴 때

정처사산거丁處士山居   정처사네 산집

— 정지묵丁志默

취의오모좌사휘醉欹烏帽坐斜暉   취해 갓을 삐딱 쓴 채 비껴 기우는 빛 속에 앉았으니

풍동송화락만의風動松花落滿衣   바람에 불린 송화 가루 옷에 가득.

염외란산다재안簾外亂山多在眼   발 밖 어지런 산들 모두 눈에 들 터이니

삼춘불엄소시비三春不掩小柴扉   석 달 봄에 작은 사립 닫지 않겠구려.

정지묵(조선朝鮮1748영조英祖24~1829순조純祖29)의 본관은 나주羅州이고 자는 사눌士訥, 호는 동은東隱입니다. 서북西北의 문학에서 학문을 닦았으며, 7서七書를 필사함에도 한 자 틀림이 없어 그의 능력을 학문의 극치라 하였습니다. 문헌원장文獻院長이었습니다.

온 천지에 송화 가루 가득합니다. 황사 덕분에 애꿎은 송화 가루가 미세먼지 취급을 받아 안타깝습니다. 이때쯤이면 집집마다 장독대 간장 항아리 열어 송화 가루 받아 간장 맛 들일 때지요. 허균許筠의 스승 이달李達의 시에 송화 가루는 이렇게 나옵니다.

불일암증인운석佛日菴贈因雲釋　　불일암에서 인운스님께
— 이달李達

사재백운중寺在白雲中	절은 흰 구름 속에 있는데
백운승불소白雲僧不掃	스님은 흰 구름을 쓸지도 않았구나.
객래문시개客來門始開	손이 와 비로소 문을 연다.
만학송화로萬壑松花老	온 골짜기에 송화 가루 노랗다.

이 시는 〈산사山寺〉라는 제목으로 많이 소개된 오언절구五言絶句인데, 마지막 결구結句에 노老 자를 풀기가 어려워 오랫동안 고민한 적이 있습니다. 걸레질로 마루에 노란 송화 가루를 훔치며 문득 이 구절을 풀었습니다. 손곡도 분명 노란 송화 가루를 이리 옮기고 싶었을 겁니다. 우리 옛 선비들의 습관에 이두吏讀나 향찰식鄕札式으로 한자를 사용하는 전통까지 있으니까요.

악부금가음(3) 망향

윤복진尹福鎭(1907~1991)은 대구에서 태어났습니다. 1924년 계성학교를 졸업한 뒤, 니혼日本 대학 전문부 법과와 예술과를 거쳐 호세이法政 대학 영문과를 졸업했습니다. 1925년《어린이》지에 동요〈별 따러 가세〉가 입선했습니다. 1929년에는 윤복진 작사, 박태준朴泰俊 작곡 동요곡집《중중때때중》이 발간됩니다. 그 후《동아일보》《조선일보》등 동요현상모집에 당선되며 아동문학가로 자리 잡습니다. 해방 직후에 조선문학가동맹의 아동문학분과 초대 사무장을 맡았으나 건강상의 이유로 낙향한 뒤 대구에서 조선문화단체총연맹 경상북도지부 부위원장단 네 명 중 한 사람으로 임명되었습니다. 그로 인해 정부 수립 후에는 좌익으로 몰려 전향 단체인 보도연맹에 가입하게 되었습니다. 1949년 동요집《꽃초롱 별초롱》을 간행했습니다. 이듬해 발발한 6·25전쟁 와중에 월북했습니다. 1991년 타계한 것으로 전해집니다.

울 밑에 귀뚜라미 우는 달밤에

길을 잃은 기러기 날아갑니다.

가도 가도 끝없는 넓은 하늘로

엄마 엄마 찾으며 흘러갑니다.

오동잎이 우수수 지는 달밤에

아들 찾는 기러기 울며 갑니다.

엄마 엄마 울고 간 잠든 하늘로

기럭기럭 부르며 찾아갑니다.

우리 어릴 적에 누나와 부르던 이 노래가 바로 1928년에 박태준의 작곡으로 발표된 윤복진의 동시 〈기럭이〉입니다. 윤복진은 한국의 대표적인 아동문학가 중 한 사람입니다. 박태준은 계성학교의 후배이자 음악을 좋아하는 윤복진과 친하게 지내게 되었고, 그래서 윤복진의 시로 59곡이나 되는 노래를 작곡했다 합니다. 홍난파洪蘭坡도 윤복진의 시로 만든 노래가 15곡이나 된답니다. 우리가 어릴 적 부르던 많은 동요가 그의 시인 걸 이제야 알게 되었습니다.

먼 산에 진달래 울긋불긋 피었고

보리밭 종달새 우지우지 노래하면

아득한 저 산 너머 고향집 그리워라.

버들피리 소리 나는 고향집 그리워라.

이내 몸은 구름같이 떠도는 신세임에

나 쉬일 곳 어디런가 고향집 그리워라.

새는 종일 지저귀고 행복은 깃들었네.

내 고향은 남쪽 나라 고향집 그리워라.

아득하다 저 산 너머 흰 구름 머무는 곳

그리운 내 고향으로 언제나 돌아가려나.

사철 푸른 솔밭 위에 노래는 즐거웁고

사는 이들 정다운 곳 언제나 돌아가리.

이 노래는 〈그리운 고향〉 또는 〈망향望鄉〉이란 제목으로 불리던 윤복진의 시입니다. 이제 보니 저도 이 노래를 1, 2, 3절을 뒤섞어 부르고 있었군요. 한역해 봅니다. 악부체樂府體 칠언절구七言絶句 제운齊韻입니다. 악부체는 고체시古體詩 갈래에 속해 압운押韻만 지키고 평측平仄에는 자유롭습니다.

원산참차두견화遠山參差杜鵑花	먼 산에 진달래 울긋불긋 피었고
맥전운작완전제麥田雲雀婉轉啼	보리밭 종달새 우지우지 노래하니
사시창송희락가四時蒼松喜樂歌	사철 푸른 솔밭 위에 노래는 즐거웁던
하일시귀정원서何日是歸情園棲	사는 이들 정다운 곳 언제나 돌아가리?
― 콩밝佺朴 한역漢譯	

푸르름 후루룩후루룩

우영偶詠

― 서헌순徐憲淳

우연히 읊다

산창진일포서면山窓盡日抱書眠　　산속 집에서 종일 책 안고 잠들었는데

석정유유자명연石鼎猶有煮茗烟　　돌솥에 아직 차 달인 연기 남았다.

염외홀청미우향簾外忽聽微雨香　　발 너머 문득 보슬비 향기 들리더니

만당하엽벽전전滿塘荷葉碧田田　　못 가득 연잎에 푸르름 후루룩후루룩.

미우향微雨響으로 쓰는 판본이 많은가 봅니다. 멋이 반감되는 것 같아 그냥 향기 '香'을 고집하기로 했습니다.

　　서헌순(조선朝鮮1801순조純祖1~1868고종高宗5)은 조선 후기의 문신으로, 자는 치장穉章, 호는 석운石耘입니다. 치穉는 어린 벼를 말합니다. 운耘은 김을 맨다는 뜻이니 석운石耘은 돌에 김을 맨다는 뜻의 호로, 문자향文字香이 풍기는 인물임을 짐작하겠습니다. 아버지는 진사 서기보徐基輔이며, 어머니는 반남潘南 박씨朴氏입니다. 1822년 진사에 합격, 1829년 정시문과庭試文科에 병과로

급제한 뒤 여러 벼슬을 거쳐 1850년 사은부사謝恩副使로 청나라에 다녀왔습니다. 전라·경상관찰사全羅慶尙觀察使를 거쳐 형·공조판서刑工曹判書를 역임하고, 1862년에 다시 청나라에 다녀왔으며, 1868년 숭정대부崇政大夫·판의금부사判義禁府事가 되었습니다. 시호는 효문孝文입니다.

예술의전당 서예아카데미에서 몇 년 간 석정石丁 임종각林鍾珏 선생에게 문인화를 배우다가 수강신청 미달로 폐강되는 바람에 담헌湛軒 전명옥全明玉 선생의 현대서예를 수강하게 되었습니다. 그리고 역시 강의 중에 한시를 한 소절씩 읽기로 허락을 얻었습니다. 그 시를 각자 다음 시간에 작품으로 써 옵니다. 같이 수업 받는 학동들이 만만한 분들이 아니더군요. 다들 초대 작가는 물론 서예전시에 심사위원을 맡기도 하는 고수들이었습니다. 그래서 어떤 분은 초서草書로, 또 어떤 분은 행서行書로, 또 예서隸書로, 전서篆書로 써 오기도 합니다. 그리고 화제畵題 한 구절을 정해 전지 화선지를 마룻바닥에 펼쳐 놓고는 현대서예 작품을 만들어 내지요.

이 시 역시 현대서예 수업 중에 읽은 한시 한 소절이었습니다. '미우향微雨香 보슬비를 향기로 듣는다.'는 구절에 감동해 이 시를 골랐는데, 담헌 선생께서는 벽전전碧田田이란 구절이 무척이나 마음에 드셨던 모양입니다. 함께 공유하는 카톡방에 전전田田이란 첩어의 풀이를 찾아 올리셨습니다. 1 북 치는 소리. 또는 가슴을 두드리는 소리. 2 우는 소리. 3 연잎이 여러 개 물 위에 떠 있는 모양. 4 논밭이 죽 연하여 있는 모양. 또는 많은 물건이 줄지어 있는 모양.

그래서 이날 현대서예 화제畵題는 '가슴을 두드려'였습니다.

붓을 잡고 흘러간 옛 노래 〈봄날은 간다〉 3절을 흥얼거렸습니다.

"열아홉 순정은 황혼 속에 슬퍼지더라.

오늘도 앙가슴 두드리며

흰 구름 흘러가는 신작로 길에……."

술고래 여덟

음중팔선가飮中八仙歌

― 두보杜甫

마시는 여덟 신선 노래

지장기마사승선知章騎馬似乘船　　하지장賀知章은 말을 타도 마치 배를 탄 듯

안화락정수저면眼花落井水底眠　　눈앞이 어른거려 우물에 빠져도 물속에서 잔다.

여양삼두시조천汝陽三斗始朝天　　여양왕은 술 서 말에 천자를 상알하고

도봉국거구류연道逢麴車口流涎　　길에서 누룩 실은 마차를 만나면 입에 군침이 흘렀는데

한불이봉향주천恨不移封向酒泉　　주천에 봉지를 옮기지 못함을 한스러워했다.

좌상일흥비만전左相日興費萬錢　　이적지李適之 좌상은 날마다 흥을 돋우는 데 만 전을 썼는데

음여장경흡백천飮如長鯨吸百川　　마시기를 큰 고래가 바다를 빨아들이듯 했고,

함배락성칭피현銜杯樂聖稱避賢　　잔 받들고 청주를 즐기지 탁주는 피한다고 불렀다.

종지소쇄미소년宗之瀟灑美少年　　최종지崔宗之는 말쑥하고 멋스런 미소년

거상백안망청천擧觴白眼望靑天	잔 들고 눈 흘겨 푸른 하늘을 바라보면
교여옥수임풍전皎如玉樹臨風前	바람 앞에 옥수玉樹처럼 빛났다.
소진장재수불전蘇晋長齋繡佛前	소진은 수놓은 부처 앞에 늘 재계했는데
취중왕왕애도선醉中往往愛逃禪	취중에 왕왕 참선 피하길 좋아했다.
이백일두시백편李白一斗詩百篇	이백은 한 말에 시가 백 편
장안시중주가면長安市中酒家眠	장안 저잣거리 술집에서 자다가
천자호래불상선天子呼來不上船	천자가 불러도 배에 오르지 않고
자칭신시주중선自稱臣是酒中仙	스스로 칭하기를 '신은 주중 신선이요.'
장욱삼배초성전張旭三杯草聖傳	장욱은 석 잔이면 초서의 성인이라 전하는데
탈모노정왕공전脫帽露頂王公前	왕과 귀족 앞에 모자 벗고 정수리를 내놓고
휘호낙지여운연揮毫落紙如雲煙	선지宣紙 위에 붓을 휘두르면 마치 구름과 안개 같고
초수오두방탁연焦遂五斗方卓然	초수는 다섯 말에야 취기가 오른 듯
고담웅변경사연高談雄辯驚四筵	고담웅변으로 좌중을 놀라게 했다.

지장知章은 하지장賀知章(당唐659~744)을 말합니다. 안화眼花는 공화空華, 눈앞에 불똥 같은 게 어른어른 보이는 것이구요. 여양汝陽은 여양왕으로, 당 현종玄宗의 조카입니다. 주천酒泉은 감숙성甘肅省 가욕관嘉峪關 동남 30킬로 지점의 소도시이지요. 좌상左相은 좌승상左丞相 이적지李適之를 말합니다. 백천百川은 바다를 말하구요. 락성樂聖 피현避賢은 '맑은 술 성주聖酒를 즐기고 탁한 술 현주賢酒를 피했다.'는 뜻입니다.

종지宗之는 최종지崔宗之. 소진蘇晋은 스님, 장욱張旭은 중국 당나라 현종玄宗 때(8세기 후반)의 서예가로 자는 백고伯高이고, 강소성江蘇省 우현吳縣 출생입니다. 초당初唐의 서예의 대가 우세남虞世南의 먼 친척입니다. 술을 몹시 좋아하고 취흥이 오르면 필묵을 잡았으며, 때로는 머리채를 먹물에 적셔서 글씨를 쓰는 등의 취태醉態가 있었으므로 세상 사람들은 그를 장전張顚이라고 하였답니다. 그러나 장욱에게 필법筆法을 배운 안진경顏眞卿은 그의 서법書法이 진정한 것이라고 평하였습니다. 초서草書를 잘 썼으며, 얼핏 보아서 분방하게 느껴지는 광초狂草에도 그 바탕에는 왕희지王羲之·왕헌지王獻之의 서법을 배운 소양을 엿볼 수 있다고 합니다. 장욱이 자신의 서풍書風을 세우게 된 유래를 적은《자언첩自言帖》이 전합니다.

초성草聖에 초초는 초서草書, 성성은 한 방면에 더할 수 없이 뛰어난 사람이란 뜻입니다. 운연雲煙은 용비봉무龍飛鳳舞하여 '구름과 안개가 이는 듯'이란 뜻이구요. 초수焦遂는 생몰년 미상에 포의布衣라 했으니, 벼슬 없는 선비였나 봅니다. 방탁연方卓然은 '비로소 술기가 느껴지는 듯하다'는 뜻입니다. 사연四筵은 사방 대자리니 좌중을 말합니다.

음중팔선가는 악부가행樂府歌行입니다.

33년간 지키던 치과 문을 그냥 닫아걸기가 아까워 조금씩 손을 보고 고치고 칠을 해서 지역 문화공간으로 만든다고 막노동 수준으로 힘을 썼더니 늘그막 몸의 고단함을 이기기 힘들군요. 그래서 동네 아우님들과 술 몇 잔 들이켰더니 여덟 신선이 부러워져서 자료를 뒤적였습니다. 트리파지올로 렉쳐 카페 앤 키친 갤러리Trifagiolo lecture cafe & kitchen gallery 세알콩깍지. 기대하시라!

여름에 생각나는 친구

하일남정회신대 夏日南亭懷辛大   여름날 남쪽 정자에서 신대를 생각하며

— 맹호연 孟浩然

산광홀서락 山光忽西落   산빛은 문득 서쪽으로 지고

지월점동상 池月漸東上   못 달은 차츰 동쪽에서 떠올라

산발승석량 散髮乘夕凉   머리 풀어 저녁의 시원함을 타고

개헌와한창 開軒臥閑敞   마루 열고 누우니 한가하고 탁 트였다.

하풍송향기 荷風送香氣   연은 바람결에 향기 보내고

죽로적청향 竹露滴清響   댓잎 이슬은 맑은 소리로 방울진다.

욕취명금탄 欲取鳴琴彈   거문고 타 울려 볼까 하니

한무지음상 恨無知音賞   소리 알아 감상할 이 없어 한스럽구나.

감차회고인 感此懷故人   이를 느끼니 오랜 벗 생각에

중소노몽상中宵勞夢想　　　　　　　밤중 꿈속에서도 생각하려고 힘쓴다네.

맹호연(당唐689중종中宗6~740현종玄宗28)이 여름밤에 은거隱居하는 고향친구 신악辛諤을 생각하며 지은 오언고시五言古詩입니다. 《여씨춘추呂氏春秋》와 《열자列子》 〈탕문편湯問篇〉에 나오는 백아伯牙와 종자기鐘子期의 '지음知音' 이야기는 기원전 770년~403년인 춘추시대 촉나라 이야기입니다. 백아가 거문고를 타는데 높은 산에 뜻을 두고 연주하면 종자기가 "좋구나, 아아峨峨하여 태산泰山 같도다."라고 하고, 흐르는 물에 뜻을 두고 연주하면 "좋구나, 양양洋洋하여 강하江河와 같도다."라고 말했습니다. 이런 종자기가 죽자 백아는 자기의 소리를 알아주는 이가 이제 없노라며 거문고 줄을 끊어 버렸습니다. 그래서 지음은 '소리를 알아주는 사람'에서 '시를 알아주는 사람' 나아가 '속마음을 알아주는 친구'라는 뜻으로 쓰입니다.

　　맹호연의 이름은 호浩이며, 호연浩然은 자입니다. 자를 편하게 불러 사용하는 자이행字以行을 했습니다.

　　더운 여름밤에 생각나는 친구 있으신지요?

천둥번개 달아나고 뭉게구름 피더니만

취람단하翠嵐丹霞 어스름에 시비柴扉를 두드린다.

아희兒嬉야 벗 오셨다 탁주濁酒부터 걸러라.

― 콩밝侳朴(2018)

처마 낙숫물 소리에

여름 장마철에 어울릴 시조 한 수 지었습니다.

처마 낙수향落水響에 낮잠을 깨고 보니

취벽翠碧 산빛 아래 원익청향遠益淸香 전해온다.

아희兒戲야 거문고 내어라 화편花編 가락 치리라.

취翠는 물총새 꽁지 색인 비췻빛을 말합니다. 그래서 취벽翠碧은 짙푸른 산빛입니다. 원익청향遠益淸香은 주돈이周敦頤(북송北宋1017~1073)의 〈애련설愛蓮說 연꽃 사랑 이야기〉에 나오는 '향원익청香遠益淸 연꽃 향기는 멀수록 더욱 맑다.'는 이야기에서 가져왔습니다.

〈화편花編〉은 여창가곡女唱歌曲 편삭대엽編數大葉 계면조界面調 가락을 말합니다. 그 가사는 이렇습니다.

모란牧丹은 화중왕花中王이요, 향일화向日花는 충신忠臣이로다. 연화連花는 군자君子요, 행화杏花 소인小人이라. 국화菊花는 은일사隱逸士요, 매화梅花는 한사寒士로다. 박꽃은 노인老人이요, 석죽화石竹花는 소년少年이라. 규화葵花 무당巫堂이요, 해당화海棠花는 창녀娼女로다. 이 중中에 이화梨花 시객詩客이요, 홍도紅桃 벽도碧桃 삼색도三色桃는 풍류랑風流郎인가 하노라.

이 곡은 정악으로, 노래뿐 아니라 거문고로도 연주하도록 되어 있습니다.
향원익청香遠益淸뿐 아니라 〈화편〉의 이런저런 꽃 이야기도 가져온 주돈이의 〈애련설〉도 함께 읽어 보겠습니다.

수륙초목지화水陸草木之花	물과 뭍의 풀과 나무의 꽃은
가애자심번可愛者甚蕃	사랑할 만한 것이 대단히 많다.
진도연명독애국晉陶淵明獨愛菊	진나라의 도연명은 유독 국화를 사랑하였고,
자이당래自李唐來	이씨의 당나라로부터
세인심애모란世人甚愛牡丹	세상 사람들이 모란을 몹시 사랑했으나,
여독애련지予獨愛蓮之	나는 홀로 연꽃을 사랑한다.
출어니이불염出於泥而不染	진흙에서 나왔어도 물들지 아니하고,
탁청연이부요濯淸漣而不夭	맑은 물 잔물결에 씻겨도 요염하지 않고
중통외직中通外直	속은 통해 있고 밖은 곧아
불만부지不蔓不枝	덩굴지지 않고 가지도 없으며,

향원익청香遠益淸	향기는 멀수록 더욱 맑고
정정정식亭亭淨植	우뚝 깨끗하게 서 있으니,
가원관이可遠觀而	멀리서 바라볼 수는 있으나
부가설완언不可褻翫焉	함부로 가지고 놀 수 없다.
여위予謂	나는 말하겠다.
국菊	국화는
화지은일자야花之隱逸者也	꽃 중의 은일자요.
모란牡丹	모란은
화지부귀자야花之富貴者也	꽃 중의 부귀자요.
연蓮	연은
화지군자자야花之君子者也	꽃 중의 군자라.
희噫	아,
국지애菊之愛	국화를 사랑함이
도후선유문陶後鮮有聞	도연명 이후엔 들은 적이 드물고
연지애蓮之愛	연꽃을 사랑함이
동여자하인同予者何人	나와 같은 이가 몇이나 될까?
모란지애牡丹之愛	모란을 사랑함은
의호중의宜乎衆矣	의당히도 많을 것이리라.

돈敦은 '도탑다, 힘쓰다, 노력하다'는 뜻이구요, 이頤는 턱인데 이는 《주역》이괘頤卦에서 설명이 됩니다. 이괘는 산을 상징하는 ☶간괘艮卦 아래 우레를 상징하는 ☳진괘震卦가 놓여 있어 움직이지 않는 상악上顎에 움직이는 하악下顎이 붙어 있는 턱을 나타낸다고 했습니다. 번蕃은 '우거지다, 많다'는 뜻이구요. 연漣은 '잔잔한 물결의 움직임, 이어지다, 물놀이'라는 한자입니다. 그리고 설褻은 '더럽다, 더럽히다, 속옷'이란 뜻이 있구요. 완翫은 '가지고 놀다, 기뻐하다'는 뜻의 한자입니다.

주돈이의 자는 무숙茂叔, 호는 염계濂溪입니다. 강서성 여산盧山 기슭에 있는 염계에서 염계서당을 짓고 살았기 때문에 호를 염계라 붙였습니다. 북송의 대유학자요, 송학宋學의 비조로, 그의 학설 가운데 '태극도설太極圖說'은 주자朱子에게 큰 영향을 주었습니다.

덧붙여 중국에서 가장 오래된 유의어 사전이자 언어 해석 사전인 《이아爾雅》에 연꽃을, 줄기는 가茄이고, 잎은 하蕸이고, 밑동은 밀蔤이고, 꽃은 함담菡萏이고, 열매는 연蓮이고, 뿌리는 우藕이고, 씨는 적菂이며, 적의 가운데가 의薏라 했습니다. 그리고 신경준申景濬의 《순원화훼잡설淳園花卉雜說》에는 함담菡萏은 꽃이 피기 전의 상태를 지칭하고, 꽃이 피고 나면 부용芙蓉 혹은 부거芙蕖라고 부른다고 했습니다.

귀뚜라미

실솔蟋蟀

— 이건李健

귀뚜라미

월명반야갱주영月明半夜更籌永	달 밝은 한밤중 다시 시간이 더딘데
추도심원실솔애秋到深園蟋蟀哀	가을에 이른 깊은 동산 귀뚤이 구슬프다.
잔몽미성추침기殘夢未成推枕起	남은 꿈 못 이루고 베개 밀치고 일어나
빈장환선박창외頻將紈扇拍窓隈	빈번히 비단 부채 들고 창턱을 친다.

주영籌永은 '시간이 더디다'로 풀었구요. 창외窓隈는 창굽이 곧 창턱을 말합니다. 환紈은 '흰 비단'입니다. 귀뚤귀뚤 귀뚜라미 울음소리에 "야 이놈아, 고만 울어." 하고 창턱을 부채로 탁 치는 모습이 보이네요.

이건(조선朝鮮 1614 광해군光海君 6~1662 현종顯宗 3)의 자는 자강子强, 호는 규창葵窓으로 선조宣祖의 일곱째 아들 인성군仁城君 이공李珙의 아들입니다. 《근역서화징槿域書畵徵》에 "이건은 효행이 지극했고, 글씨와 시, 그림에 능해서 세상 사람들이 삼절三絶이라고 일컬었다. 특히 어려서부터 독서를 좋아했고, 영모翎毛를 잘 그렸다. 시는 두보杜甫를 익혔으며 글씨와 그림이 옛 법에 가까웠다. 인성군仁城君의 화禍로 말미암아 제주에 유배되었다.”라고 전합니다.

여기에서 ‘인성군의 화’란 1628년(인조 6년) 유효립柳孝立 등이 대북파大北派의 잔당을 규합하여 광해군光海君 복위를 기도한 사건을 말합니다. 그때 인성군이 광해군 복위 모의에 가담했다는 이유로 진도에 유배됐다가 동년 5월, 마흔한 살의 나이로 사사賜死됩니다. 이 사건으로 부인 윤씨와 이건 등 아들 삼형제, 그리고 딸 한 명이 제주도에 유배됐습니다.

〈화편花編〉 이야기 중 〈애련설愛蓮說〉의 주인공 염계濂溪 주돈이周敦頤의 이름에 든 ‘턱 이頤’ 자를 잠깐 설명한 적이 있습니다. 조금 더 덧붙이겠습니다. 《주역周易》에 산뢰이山雷頤 괘卦가 있습니다. 아직 잘 모르긴 합니다만 《주역》 읽기가 쉽지 않아 고생한 경험이 있어 읽는 법을 잠깐 소개하겠습니다.

‘—’을 양으로 ‘--’를 음으로 하여 주역의 괘를 이루는 6개의 가로 그은 획을 괘효卦爻라 합니다. 6개의 효爻 중 아래 3개 효를 하괘下卦 또는 내괘內卦라 하고, 위 3효를 상괘上卦 또는 외괘外卦라 합니다. 그리고 맨 아래 효를 초初, 그 위를 이二, 그 위를 삼三, 사四, 오五, 그리고 맨 위 효를 상上이라 합니다. 그리고 양효陽爻인 ‘—’을 구九로, 음효陰爻인 ‘--’를 육六으로 부릅니다. 그래서 이괘頤卦는 초구初九 이육二六 삼육三六 사육四六 오육五六 상구上九인 효爻를 가져 상괘는 간괘艮卦이고 하괘는 진괘震卦인 괘입니다. 그러니까 괘체卦體가 ☶이며 괘명卦名은 간艮이고 괘상卦象은 산山이며 괘덕卦德은 지止인 상괘 아래, 괘체가 ☳이며 괘명은 진震이고 괘상은 뇌雷이며 괘덕은 동動인 하괘가 결합된, 다시 말해 산 아래 우레가 치는 것이 이괘의 상象입니다. 치과의사로서 쉽게 비유하자면 움직이지 않는 상악上顎에 움직이는 하악下顎이 붙어 있는 것이 이괘, 즉 턱의 괘인 겁니다. 군자는 이 괘상을 살핌으로써, 언어를 신중하게 하고, 음식을 절제한다 했습니다.

악부금가음(4) 두 사람

양인兩人

― 콩밝侒朴 한역漢譯

두 사람

창외소소진우성窓外蕭蕭盡雨聲　　　창밖엔 우수수 빗소리 그치고

총총야반절성영悤悤夜半哲星盈　　　밤 깊어 총총히 밝은 별 가득한데

창추제척애인민悵惆偍蹢哀人憫　　　슬픔에 머뭇거리는 안타까운 사람아

위문하여불망행爲問何如不忘行　　　묻노니, 무엇을 못 잊어 못 가는고.

(칠언절구七言絶句 경운庚韻 측기식仄起式)

폐업한 예전 치과 자리에 문화공간이랍시고 마련한 곳에 녹색병원장 지내신 양길승 선생과 여성영화제 집행위원장 지내신 이혜경 선생, 그리고 서울연구원 원장 지내신 이창현 교수가 자리를 했습니다. 술이 한 순배 돌고 노래가 시작되었지요. 이혜경 선생께서 현미가 부른 유호兪湖 작사에 이봉조李鳳祚 작곡의 〈두 사람〉이란 노래를 했습니다.

"창밖에 빗소리 그치고 밤하늘 별들은 떴는데 무엇을 못 잊어 못 가나 안타까운 두 사람아. 사랑이 처음이라면 불처럼 태워버리고 사랑이 끝날 때라면 헤어져야 하나. 갈 곳이 없는 사이면 가슴과 가슴을 안고 그대로 밤을 새워라 밤이 새도록. 창밖에 비치는 가로등 어차피 가야만 할 사람 무엇을 못 잊어 못 가나 흐느끼는 두 사람아."

흘러간 옛 노래는 노래마다 시대의 냄새와 추억이 가락 속에 담겨서 전해옵니다.

가요시歌謠詩라 부르고 싶은 대중음악 노래 가사를 많이도 지으신 유호 선생은 본명이 유해준兪海濬입니다. 관향은 기계杞溪이며, 황해도 해주에서 출생했습니다. 동양화가이며 서예가이고 방송인에 극작가이기도 합니다. 현인이 부른 〈신라의 달밤〉을 시작으로 〈낭랑 십팔세〉〈비 내리는 고모령〉〈고향 만리〉〈럭키 서울〉〈전선 소야곡〉〈진짜 사나이〉〈맨발의 청춘〉〈맨발로 뛰어라〉〈떠날 때는 말없이〉〈삼다도 소식〉〈아내의 노래〉〈전선야곡〉〈이별의 부산 정거장〉〈여옥의 노래〉〈원일의 노래〉〈님은 먼 곳에〉〈종점〉〈길 잃은 철새〉 등 수많은 히트곡의 가사를 작사한 분입니다.

추억이 담긴 흘러간 옛 노래를 찾고 끄집어내어 맛있게 부르는 것도 머리 흰 사람들의 안간힘인 줄을 아실랑가 몰라요.

한산寒山과 습득拾得

천운만수간千雲萬水間	자욱한 구름과 수많은 골짝 물 사이
중유일한사中有一閑士	그중에 한가한 놈 하나 있어
백일유청산白日遊靑山	낮에는 청산에서 노닐고
야귀암하수夜歸巖下睡	밤들어 바위 아래 잠들면
숙이과춘추倏爾過春秋	갑자기 봄가을이 지나고
적연무진루寂然無塵累	고요하여 세상 먼지 들붙지 않는다.
쾌재하소의快哉何所依	쾌재라, 어디에 기댈 것인가.
정약추강수靜若秋江水	맑기가 가을 강물 같도다.

숙倏은 개가 빨리 내닫는 모양을 나타내는 글자입니다. 갑자기 또는 빛 따위의 의미로 쓰입니다. 이爾는 너(汝, 女, 而), 그(彼), 이(是, 此) 등을 나타내는 대명사입니다. 춘추春秋는 세월이지요. 적寂은 '고요하고 평온함'이고 진루塵累는 '티끌 속세에 묶인 것'을 말합니다. 쾌재快哉는 마음먹은 대로 잘되어 만족스러울 때 내는 소리지요.

이 시는 한산시寒山詩입니다.

한산寒山과 습득拾得은 당나라 때의 탈속적인 인물들로 생몰년이 전하지 않습니다. 한산은 시풍현始豊縣 서쪽 70리에 있는 한암유굴寒巖幽窟에 살고 있었기 때문에 한산이라 불렸고, 습득은 천태산天台山 국청사國淸寺에서 주워 길렀기 때문에 습득이라고 불렸다고 합니다.

당나라 조의대부朝議大夫 여구윤閭丘胤이 쓴《한산자시집서寒山子詩集序》에 나오는 이야기로 보면, 태주台州의 관리로 제수받아 임지로 출발할 즈음에 두통으로 시달렸는데, 풍간豊干이란 선사禪師가 갑자기 나타나 천태산 국청사에서 일부러 왔다면서 물을 뿜어 두통을 낫게 해줍니다. 그리고 태주는 해안이라 나쁜 독기가 가득하니 그곳으로 갈 때는 몸을 조심해야 한다고 일러주기에, 그곳에 도움을 얻고 스승으로 삼을 좋은 분이 누가 있느냐고 묻습니다. 그러자 풍간이 이르기를 그분을 보게 되어도 알아차리지 못하고, 알아차리는 힘이 있어도 아는 것에는 한계가 있고, 만약 보려고 한다면 보지 않아야 볼 수 있다면서 국청사에 문득 오기도 하고 가기도 하는 한산과 불목하니 습득을 일러줍니다. 그러면서 한산은 문수보살文殊菩薩이요, 습득은 보현보살普賢菩薩의 재현이라 귀띔합니다. 태주에 부임한 여구윤이 이를 잊지 않고 국청사를 찾아갑니다. 그리고 부엌 아궁이 앞에서 크게 웃고 있는 두 사람에게 절을 하자 거지 취급하던 절집 중들이 다 놀랍니다. 그런데 두 사람은 '풍간은 수다스런 놈이다.' 욕을 하며 바위굴로 들어가 사라져 버립니다. 그래서 여구윤이 국청사의 스님 도교道翹를 시켜 한산과 습득의 행장을 조사해 숲속 석벽이나 마을 인가 마루 벽 등에 적힌 시 300여 수를 찾아내 책을 만든 게《한산자시집寒山子詩集》이라 했습니다. 그래서 이 책에는 한산과 풍간, 그리고 습득의 시가 모아져 있고 시의 제목 따위는 아예 없습니다.

이후 한산과 습득을 동경한 선승과 문인에 의해 이 이야기는 서화의 주제가 되어 왔습니다.

잘 알려진 당나라 때의 시인 장계張繼가 과거에 세 번 낙방하고 집에 돌아가는 길에 읊은 〈풍교야박楓橋夜泊〉이란 시에 한산사寒山寺가 나옵니다. 바로 한산과 습득의 이야기 가득한 절입니다. 겸해 읽지요.

풍교야박楓橋夜泊

— 장계張繼

월락오제상만천月落烏啼霜滿天

강풍어화대수면江楓漁火對愁眠

고소성외한산사姑蘇城外寒山寺

야반종성도객선夜半鐘聲到客船

풍교에서 밤에 머물다

달 지고 까마귀 울고 하늘엔 서리 가득

강 단풍 고깃배 불빛에 시름겨워 잠드는데

고소성 밖 한산사

한밤중 종소리가 나그네 배에 이른다.

미친 두목지杜牧之와 호계삼소虎溪三笑

입중흥동入中興洞
— 임제林悌

중흥동으로 들어가며

심정경구적心靜境俱寂   마음이 고요하니 지경도 아울러 적막한데

석위천여제石危天與齊   돌은 위태롭게 하늘과 가지런하다.

운횡고수외雲橫高岫外   구름은 높은 봉우리 너머 비껴 있고

일락대강서日落大江西   해는 큰 강 서쪽으로 진다.

만학엽사수萬壑葉謝樹   온 골짜기 잎들은 나무를 떠나고

일공인도계一筇人渡溪   지팡이 하나로 사람은 개울을 건넌다.

암간장요초巖間長瑤草   바위 사이 요초가 자라니

막시원공서莫是遠公棲   이곳이 바로 원공의 거처가 아니던가.

원공遠公은 호계삼소虎溪三笑, 즉 '호계虎溪에서 세 사람이 웃다'라는 옛 이야기에 나오는 혜원화상慧遠和尙을 말합니다. 이야기인 즉슨 도연명陶淵明과 육수정陸修靜이 어느 날 여산廬山 동림사東林寺 혜원화상을 방문했습니다. 세 사람은 다향茶香을 맡으며 담론談論을 나누었습니다. 그리고 혜원화상은 시간이 되어 돌아가는 두 사람을 절문 밖까지 전송하고자 나섰습니다. 세 사람은 헤어지면서도 담론에 심취해 어느 사이 호계 다리를 건넜습니다. 이때 혜원화상이 "어이쿠, 내 죽는 날까지 결코 호계 밖을 안 나가겠다고 했는데, 오늘 그만 다리를 건너 버렸네." 하자 모두들 박장대소했습니다.

호계는 여산 동림사 경내 절문 밖의 조그만 개울입니다. 손님들이 개울을 건너갈 때마다 호랑이가 울어 호계라는 이름이 붙었다고 합니다. 혜원화상은 오직 수행만 하겠다는 결의 때문에 찾아오는 손님을 모두 절문까지만 나와 배웅했었습니다.

이 고사는 성스러운 세계에만 머물고자 하는 혜원화상의 낙공落空을 깨는 부주열반不住涅槃을 비유적으로 보여준 유명한 화두話頭로 이야기합니다. 정토종淨土宗 개산조開山祖이기도 한 동진東晉 고승 혜원화상이 도연명, 육수정과 함께 법열法悅 속을 노닐다가 자기도 모르는 사이에 호계의 다리를 건넌 것은 바로 깨달음의 사회 환원, 성속일여聖俗一如를 뜻한다고 하지요.

임제(조선朝鮮1549명종明宗4~1587선조宣祖20)는 평안도사平安都事로 부임하던 길에 황진이의 무덤에 들러 시조를 짓고 술을 따르고 제사 지냈다는 이유로 부임지에 당도하기도 전에 파직되어 되돌아갔다는 이야기가 전해지는 바로 그 풍류남아입니다. 미친 두목지라고도 하지요.

아마 중흥동中興洞이 충청도 면천군에 있나 봅니다. 이 시를 쓴 게 임제가 속리산에 들어가 대곡 선생께 공부하고 내려왔다더니 그때인가 봅니다.

황진이의 무덤에서 지었다는 시조도 읽어 보시지요.

청초靑草 우거진 골에 자는다 누엇는다

홍안紅顔은 어듸 두고 백골白骨만 무쳣는이

잔盞자바 권勸ᄒ리 업스니 그를 슬허ᄒ노라.

─《진본청구영언珍本靑丘永言 107》

남풍의 따스함이여, 우리 백성의 근심을 풀 것이로다

중국의 삼황오제三皇五帝 신화 가운데 오제五帝의 마지막 군주인 제순유우씨帝舜有虞氏, 또는 중화씨重華氏라는 순舜임금이 금琴을 연주하며 "남풍지훈혜南風之薰兮 가이해오민지온혜可以解吾民之慍兮 남풍지시혜南風之時兮 가이부오민지재혜可以阜吾民之財兮 남풍의 따스함이여, 우리 백성의 근심을 풀 것이로다. 남풍이 불 때 재물을 풍성하게 할 수 있구나."라는 남풍南風 시를 노래합니다.

> 남훈전南薰殿 돌 불근 밤의 팔원팔개八元八愷 두리시고
> 오현금五絃琴 일성一聲에 해오민지온혜解吾民之慍兮로다.
> 우리도 성주聖主를 뫼으와 동락태평同樂太平ㅎ리라.
> ─《진본청구영언珍本靑丘永言 452》

남훈전南薰殿은 위에서 이야기한 순임금이 〈남풍가〉를 지어 오현금五絃琴을 타던 궁전입니다. 팔원팔개八元八愷에서 팔원八元은 고신씨高辛氏의 여덟 아들, 팔개八愷는 고양씨高陽氏의 여덟 아들을 말합니다. 해오민지온혜解吾民之慍兮는 '내 백성의 한을 풀도다.'라는 말입니다. 성주聖主는 덕이 뛰어난 어진 임금이겠지요.

남훈전南薰殿 순제금舜帝琴을 하은주夏殷周에 전傳ㅎ오셔

진한당晋漢唐 잡패간과雜覇干戈와 송제양宋齊梁 풍우건곤風雨乾坤에 왕풍王風이 위지委地하여 정성正聲이 긋첫더니

동방東方에 성현聖賢이 나 계시니 탄오현彈五絃 가남풍歌南風을 니여볼가 ㅎ노라.

　　―《진본청구영언珍本青丘永言 510》

210

순제금舜帝琴은 순임금의 오현금이고, 잡패간과雜覇干戈는 패도覇道가 섞인 싸움을 말합니다. 풍우건곤風雨乾坤은 싸움으로 어지러워진 세상일 테지요. 위지委地는 '땅에 떨어짐'입니다. 정성正聲은 '악樂의 바른 소리'이구요. '니여볼가'는 '이어볼까'입니다.

바람에 우는 먹위 베혀내야 줄언즈면

해온남풍解慍南風에 순금舜琴이 되련만은

아마도 알리 업쓴이 글을 슬허ㅎ노라.

　　― 이존오李存吾, 《이희승본李熙昇本 해동가요海東歌謠 264》

'먹위'는 머귀, 즉 오동나무를 말합니다. '해온남풍解慍南風에 순금舜琴'은 계속 이야기한 순임금이 백성의 한을 풀어 달라며 〈남풍가〉를 지어 타던 오현금이구요.

《악학궤범樂學軌範》을 편찬한 성현成俔(1439~1504)은《부휴자담론浮休子談論》에서 이렇게 말했습니다.

지난날 중화씨重華氏, 곧 순임금이 금琴을 연주하여 '남풍의 따스함이여, 우리 백성의 근심을 풀 것이로다. 남풍이 불 때 재물을 풍성하게 할 수 있구나.'라는 남풍시를 노래하여 근심을 풀고 재물을 풍성하게 하였고, 호파瓠巴가 거문고를 두드리니 하수河水의 물고기가 모여 이것을 들었다. 백아伯牙가 거문고를 연주하니 흐르는 강물과 높은 산이 뜻과 어긋나지 않았고, 사광師廣이 거문고를 연주하니 흰 고니가 날고 검은 학이 춤추었다.

그러면서 거문고를 조정에서 쓰며 귀신의 뜻에 맞게 하여 사람의 마음에 합치하고 만물이 감응하게 하는 거라고 말합니다. 이러하듯 임금은 하늘의 뜻에 따라 백성을 다스려야 한다고 했으니 거문고로 상징되는 세상의 소리를 삼라만상의 이치에 보응報應하는 율려律呂의 조화로 풀어 내며 정치철학의 기본으로 삼습니다.

아, 율려 이야기도 해야 하나요? 율려, 즉 육률六律과 육려六呂는 12개월의 기후에 배당하여 그 계절에 상응하는 음악을 연주하게 하여 음양陰陽 이기二氣를 조절한다는 겁니다. 천자문에도 율려조양律呂調陽이라는 구절이 나옵니다. '율려는 양陽을 조調한다. 즉 음악을 연주하여 음양을 조절한다.'는 뜻입니다. 그래서 우리 국악은 모두 12음률로 되어 있는데, 바로 육률과 육려입니다. 12음률 중 홀수 번째에 해당하는 황종黃鐘, 태주太簇, 고선姑洗, 유빈蕤賓, 이칙夷則, 무역無射 여섯 음은 양陽에 해당한다고 해서 율律 또는 양률陽律, 육률이라 하고, 짝수 번째의 대려大呂, 협종夾鐘, 중려仲呂, 임종林鐘, 남려南呂, 응종應鐘, 여섯 음은 음陰에 해당한다고 해서 여呂 또는 음려陰呂, 육려라고 합니다. 둘을 합쳐 율려인 게지요.《세종실록》에 기록된 고대 악보인 율자律字의 12율명은 지금도 변함없이 악보의 기본명으로 사용되고 있으며, 정간보井間譜로 정착된 기보법도 12율명으로 모든 것이 기록되고 있습니다.

거문고 한번 배워 보시지요.

날 알아줄 사람을 어디서 만나랴

앞에서 잠깐 나온 이야기입니다만, 다시 기원전 770년~403년인 춘추시대 촉나라 때 백아伯牙와 종자기鍾子期의 지음知音 이야기를
하겠습니다.

백아伯牙는 선고금善鼓琴하고 종자기鍾子期는 선청善聽이라. 백아고금伯牙鼓琴에 지재등고산志在登高山이어든 종자기
왈鍾子期曰 '선재善哉라 아아혜약태산峨峨兮若泰山이로다'하고, 지재유수志在流水면 종자기왈鍾子期曰 '선재善哉라 양
양혜약강하洋洋兮若江河로다' 하니 백아소념伯牙所念을 종자기필득지鍾子期必得之라. 백아유어태산지음伯牙遊於泰山
之陰이라가 졸봉폭우卒逢暴雨하여 지어암하止於岩下라. 심비心悲하여 내원금이고지乃援琴而鼓之라. 초위림우지조初爲
霖雨之操하고 갱조붕산지음更造崩山之音하니 곡매주曲每奏에 종자기첩궁기취鍾子期輒窮其趣라. 백아내사금이탄왈伯牙
乃舍琴而歎曰 '선재선재善哉善哉로다 자지청子之聽이여, 부지상상夫志想象이 유오심야猶吾心也니 오어하도성재吾於何
逃聲哉리오.' 하였다.

백아는 거문고를 잘 두들겼고, 종자기는 잘 들었다. 백아가 거문고를 두들기며 그의 마음을 높은 산에 두면 종자기는 '좋구나,

높디높아서 태산과 같구나.'라고 하고, 마음을 흘러가는 물에 두고 연주를 하면 종자기는 '좋구나, 넓디넓어서 황하와 양자강 같구나.'라고 하였다. 백아가 생각하는 바를 종자기는 반드시 알아내었다. 백아가 태산 북쪽에서 노닐다가 갑자기 폭우를 만나서 바위 아래에 머물렀다. 마음이 슬퍼져 이에 거문고를 당겨 연주하였다. 처음에는 장맛비 곡조로 타고 다시 산이 무너지는 소리로 내니 곡을 연주할 때마다 종자기는 번번이 그 뜻을 다 알았다. 백아가 거문고를 놓고 탄식하여 말하기를, "좋도다, 좋도다! 그대의 들음이여, 무릇 그대의 뜻과 상상이 내 마음과 같도다. 내 어디로 소리를 달아나겠는가?"하였다.

　　—《열자列子》〈탕문湯問〉

종자기사鍾子期死 백아파금절현伯牙破琴絕絃 종신불복고금終身不復鼓琴 이위무족위고자以爲無足爲鼓者. 종자기가 죽자 백아는 거문고를 부수고 줄을 끊어, 다시는 두들기지 않았다. 두들김을 만족해하는 이가 없다고 여겼기 때문이다.

　　—《여씨춘추呂氏春秋》

이렇듯 백아절현伯牙絕絃 고사故事 이후로 진정 자기를 알아주는 이를 지음知音이라 부르게 되었으니 이와 관련된 시가 어디 한두 수이겠습니까?

추야우중秋夜雨中　　　　　가을밤 빗속에
　　— 최치원崔致遠

추풍유고음秋風唯苦吟　　　　　가을바람은 슬픔을 읊어대는데 세로소지음世路少知音   세상에는 지음知音이 드물구나.

창외삼경우窓外三更雨   창밖엔 삼경인데 비가 나리고

등전만리심燈前萬里心   등 앞에 만 리를 향하는 이 마음이여.

발용천모우투숙선천군도중음책마우중거봉인관외희지구내분운성오언절구십수發龍泉冒雨投宿宣川郡途中吟策馬雨中去逢
人關外稀之句乃分韻成五言絶句十首. 용천을 떠나 비를 무릅쓰고 선천군에 가서 묵다. 도중에 '말을 채찍질하여 가는데, 관
문 밖이라 만나는 사람도 드물구나.'라는 시구를 읊고 운자를 나누어 오언절구 10수를 짓다.

― 임제林悌

其6.

고도일소삭古道日蕭索   옛 도는 나날이 시들어가니

지음나가봉知音那可逢   날 알아줄 사람을 어디서 만나랴.

막여불의거莫如拂衣去   같지 않으리, 옷자락 털며 훌쩍 떠나서

구학소운송舊壑巢雲松   옛 골짝 구름 걸린 소나무에 깃들어 사느니만.

소삭蕭索은 쓸쓸한 모양입니다.

고금영병서古琴詠幷序

― 윤선도尹善道

옛 거문고를 노래하며 아울러 서문을 쓰다

유금무기인有琴無其人	거문고는 있고 그 사람은 없어
진매지기년塵埋知幾年	먼지에 묻힌 걸 안 지 몇 년인가?
금안반영락金雁半零落	기러기발은 반쯤 떨어져 나가고
고동유자전枯桐猶自全	오동나무 판은 말라 오히려 온전하구나.
고장시일고高張試一鼓	높이 펼쳐 시험 삼아 두드려 보니
빙철동림천氷鐵動林泉	얼음 같은 쇳소리가 숲과 샘을 흔든다.
가명서성상可鳴西城上	서쪽 성 위에서 울릴 수도 있고
가어남훈전可御南薰前	임금님 앞에 올릴 수도 있겠구나.
도도쟁적이滔滔箏笛耳	물이 넘치듯 도도한 아쟁과 피리라
차의향수전此意向誰傳	이 뜻을 누구에게 전하랴.
내지도연명乃知陶淵明	이제야 알겠네, 도연명이
종불구휘현終不具徽絃	끝내 기러기발과 줄을 갖추지 않음을.

　서序는 사적事蹟의 요지를 적은 글이지요. 나이 들며 은둔하여 살고 싶은 숲을 석천송풍지간石泉松風之間이라 합니다. 바위틈 맑은 샘과 푸르고 높은 소나무에 부는 바람 사이를 임천林泉으로 표현했을 것 같네요. 남훈南薰은 지난번 글에서 이야기한 남훈전南薰

殿에서 순순舜임금이 남풍南風시를 노래한 그 남훈입니다. 또 임금은 항상 남쪽을 향해 남면南面하기에 남南은 임금을 뜻하기도 합니다. 이耳는 이이而已 어조사입니다. 휘徽는 거문고 현을 고르는 자리를 표시하기 위해 거문고 앞쪽에 원형으로 박은 크고 작은 13개의 자개 조각을 말하기도 하고, 안족雁足, 기러기발을 말하기도 합니다.

서문序文은 이렇습니다.

연기에 그을리고 비가 샌 곳에 우연히 낡은 거문고를 하나 얻었는데, 먼지를 털어내고 한번 타 보니 현의 소리가 물 흐르는 듯해서, 신선 최치원의 마음 자취가 완연했다. 그래서 서글프게 탄식하며 스스로 단가 고금영古琴詠 한 곡조를 지었다. 그런 뒤에 생각해 보니 이 물건은 이에 알맞은 사람이 없으면 버려져 먼지 덮인 한 조각 마른 나무가 되고, 이에 알맞은 사람이 있으면 쓰여져 오음五音 육률六律을 이루는 것이다. 그런데 세상에 지음知音이 드물어졌으니, 이미 오음육률을 이룬 뒤에 어찌 만나거나 만나지 못하는 일이 없겠는가. 그러니 이 거문고를 보며 느끼는 것이 한 가지가 아니다. 이에 고풍古風 한 편을 다시 지어, 이 거문고의 답답한 마음을 펴 보고자 한다.

그리고 원주原註에 고금영古琴詠 한 곡조는 별집 가사류歌辭類에 있다고 되어 있구요, 임오년(1642) 금쇄동에 있을 때 지었답니다. 줄 없는 거문고 한 장을 걸어 두고 술에 취하면 문득 거문고를 어루만지며 자기의 뜻을 부쳤다고 하는 도연명陶淵明의 무현금無絃琴, 줄 없는 거문고 이야기는 다음 글에서 이어가겠습니다.

소박한 거문고엔 원래 줄이 없었고

봄날이 기다려지는 이유 중 하나는 산속 오두막 꽃나무 아래 친구랑 술상 펴고 이 시를 읊조리리란 꿈 때문일 수도 있겠다 늘 생각하고 있습니다. 이 책의 네 번째 글에서 같이 읽었습니다만 다시 읽겠습니다.

산중대작山中對酌　　　　　　**산속에서 술잔을 마주하다**
― 이백李白

양인대작산화개兩人對酌山花開	둘이 술 마신다, 산꽃은 피었다.
일배일배부일배一盃一盃復一盃	한 잔 한 잔 또 한 잔.
아취욕면군차거我醉欲眠君且去	나는 취해서 자려니 그대는 가시구려.
명조유의포금래明朝有意抱琴來	낼 아침 생각 있거든 거문고 품고 오시오.

그런데 지금 보니 이 시가 다분히 도연명陶淵明을 염두에 둔 시란 느낌이 듭니다.

양梁 무제武帝의 장자로 태자太子가 되었으나 즉위하지 못하고 31세에 죽은 남조南朝 양나라의 문학가 소명태자昭明太子 소통蕭統의 문집 중에 남아 있는 〈도연명전陶淵明傳〉에 이런 구절이 있습니다.

연명불해음률淵明不解音律 이축무현금일장而蓄無絃琴一張 매취적每醉適 첩무롱이기기의輒撫弄以寄其意 귀천조지자貴賤造之者 유주첩설有酒輒設 연명약선취淵明若先醉 편어객便語客 '아취욕면我醉欲眠, 경가거卿可去' 기진솔여차其眞率如此 군장상후지郡將嘗候之 치기양숙値其釀熟 취두상갈건록주取頭上葛巾漉酒 녹필漉畢 환부착지還復著之.

연명淵明은 음률을 이해하지 못했으나 줄 없는 거문고를 한 벌 가지고 있어 매번 취하면 문득 거문고를 어루만지며 그 뜻을 기탁하였다. 귀하건 천하건 찾아오는 이에게 술이 있으면 술상을 차려 내었고, 연명은 먼저 취한 것 같으면 문득 손님에게 말하길 '내가 취해서 잠이 들려 하면 그대는 돌아가 주십시오.' 하였다. 그의 진솔함이 이와 같았다. 고을의 장교가 방문하였는데, 술이 익을 때가 되어 머리 위 갈건을 가지고 술을 거르고, 거른 후에는 다시 착용하였다.

이제 이백李白의 〈희증정율양戲贈鄭溧陽 율양 정사또에게 장난삼아 보내다〉라는 시도 다시 읽습니다.

도령일일취陶令日日醉	도연명은 날이면 날마다 취하여
부지오류춘不知五柳春	다섯 그루 버들에 봄 온 것도 몰랐네.
소금본무현素琴本無絃	소박한 거문고에는 본래 줄이 없었고
녹주용갈건漉酒用葛巾	술을 거르는 데는 갈건을 썼다네.

청풍북창하清風北窓下	맑은 바람 불어오는 북쪽 창 아래서
자위희황인自謂羲皇人	스스로 복희씨 시절의 사람이라 하네.
하시도율리何時到栗里	언제쯤 밤나무골에 이르러
일견평생친一見平生親	평생 사랑하는 사람들을 한번 볼까.

생육신 중 한 사람인 관란觀瀾 원호元昊의 시조도 한 편 읽습니다.

시상리柴桑里 오류촌五柳村에 도처사陶處士의 몸이 되여
줄업슨 거문고를 소리업시 집헛시니
백학白鶴이 지음知音ᄒᆞᄂᆞ지 우즑우즑ᄒᆞ더라.
─《화원악보花源樂譜 37》

또 다른 시조 한 수 읽습니다.

임천林泉을 초당草堂 삼고 석상石床의 누어시니
송풍松風은 검은고요 두견성杜鵑聲은 노래로다.
건곤乾坤이 날더러 니로디 홈게 늙쟈 ᄒᆞ더라.
─《고금가곡古今歌曲 128》

나이 들어 작은 오두막에 좌서우금左書右琴, 왼편에 책이요 오른편에 거문고를 두고, 꽃나무 아래 친구를 불러 대작對酌하고, 솔바람 소리를 거문고 삼아 은둔하며 살고 싶지요. 도연명 이후로 선비들의 꿈입니다.

가장 그리운 건 바로 항주

억강남憶江南

— 백거이白居易

강남이 생각난다

강남호江南好

풍경구증암風景舊曾諳

일출강화홍승화日出江花紅勝火

춘래강수록여람春來江水綠如藍

능불억강남能不憶江南

강남억江南憶

최억시항주最憶是杭州

산사월중심계자山寺月中尋桂子

강남이 좋더라.

경치는 예부터 익히 알고 있었지.

해 뜨면 강가 꽃들이 불보다 더 붉고

봄이 오면 강물은 쪽빛처럼 푸르다오.

어찌 강남이 생각나지 않을 수 있으리?

강남이 그립다.

가장 그리운 건 바로 항주

산사에서 달 속에 계수나무를 찾고

군정침상간조두郡亭枕上看潮頭　　　　　고을 정자에 베개 베고 절강추도浙江秋濤를 보았지.

하일갱중유何日更重遊　　　　　　　　언제 또다시 노닐까?

낙천樂天 백거이는 822년부터 824년까지 항주자사杭州刺使를 역임했습니다. 특히 재직하는 동안 서호西湖에 건설한 백제白堤는 소동파蘇東坡가 만든 소제蘇堤와 더불어 항주의 명소입니다. 이 시는 백거이 나이 예순일곱에 소주와 항주 자사를 역임하고 돌아온 후에 쓴 시입니다.

며칠 중국 경덕진景德鎭과 항주에 다녀왔습니다. 항주는 옛 이름이 임안臨安이었습니다. 조광윤趙匡胤이 건국한 송나라가 여진족인 금나라에게 1126년 정강지변靖康之變을 겪으면서 화북華北을 빼앗긴 후, 종실 강왕康王 조구趙構(훗날 고종高宗)가 남쪽으로 옮겨 양자강 이남의 땅인 이곳에 천도하며 남송南宋(1127~1279)을 다시 세운 곳이지요.

항주에서는 서호 근처에 숙소를 잡아 두고 남송어가南宋御街와 소동파가 만들었다는 둑, 소제를 거닐기도 하고 작은 배를 타고 서호 물결에 몸을 맡겨 보기도 했습니다.

그리고 힘들게 혜인고려사慧因高麗寺를 찾아보고 왔습니다. 후당後唐 천성天成 2년(927년)에 혜인선원慧因禪院으로 세워진 절인데, 고려 대각국사大覺國師 의천義天이 이 절에서 화엄종을 공부하고 귀국한 뒤에도 계속 시주하고 후원했기 때문에 절 이름이 고려사로 바뀌었다고 합니다. 이 절은 고려 말 충선왕忠宣王의 후원을 받으면서 항주의 대사찰로 이름을 날렸으나, 청나라 말기에 태평천국군과 전투 때에 불타 없어졌답니다. 20세기 말 항주에서 항일운동을 했던 독립지사들의 흔적을 찾던 김준엽金俊燁 선생의 노력으로 절터를 찾아냈고, 항주시정부의 복원 결정에 따라 2010년에 재개창된 절입니다.

서호는 2,000년 전 만들어진 절강浙江의 우각호牛角湖입니다. 절강이 바로 전당강錢塘江입니다. 1년에 딱 한 번 추석 글피에 전당강을 따라 조수가 강물을 거슬러 흰 파도를 앞세워 거꾸로 밀려 올라오는 장관을 볼 수 있는 곳이 바로 항주입니다. 조두潮頭가 바로 이 장관을 이야기한 겁니다.

역시 항주자사를 지낸 소동파는 절강추도浙江秋濤를 이리 읊었습니다.

관조觀潮   **절강추도를 보다**
— 소식蘇軾

여산연우절강조廬山煙雨浙江潮   여산의 안개비, 절강의 추도秋濤
미도천반한불소未到千般恨不消   천하의 절경을 보지 못할 땐 온갖 한이 남더니만
도득환래별무사到得還來別無事   실제로 와서 보고 나니 별것 아닐세그려.
여산연우절강조廬山煙雨浙江潮   여산의 안개비, 절강의 추도秋濤.

조선시대 화론에 큰 역할을 한 조영석趙榮祏의《관아재고觀我齋稿》에 실린 시에도 겸재謙齋 정선鄭敾이 밤에 찾아와 먹을 찾더니 문 세 짝에 절강추도를 그리는 장면이 나옵니다.

원백승야래元伯乘夜來 화절강추도어삼호비畫浙江秋濤於三戶扉 진기관眞奇觀 부편사원백賦篇謝元伯 잉시사천仍示槎川. 겸재 정선이 밤에 찾아와 문 세 짝에 절강추도를 그리는 진기한 모습을 관찰하고 감상을 느낀 그대로 적다. 시편으로 겸재 정선에 사례하며 내쳐 사천槎川 이병연李秉淵에게 보이다.

정로중소호흥생鄭老中宵豪興生　　　정 노인 한밤중 호방한 흥이 일어나

개문직입환도홍開門直入喚陶泓　　　문 열고 바로 들어와 벼루를 가져오라 외치더니

천심마묵공신운淺深磨墨供神運　　　정성을 다해 귀신의 기운으로 먹을 얕고 깊게 갈고

좌우장등조안명左右張燈助眼明　　　좌우에 등을 켜서 눈을 밝게 도우더니

육필병구풍전신六筆並驅風電迅　　　육필을 아울러 몰아 바람과 번개처럼 빠르게

삼비진습랑도경三扉盡濕浪濤驚　　　문 세 짝을 젖게 해 파도와 물결로 놀라워졌으니

오당자차증안색吾堂自此增顏色　　　우리 집은 이로부터 얼굴빛을 더해

예원거연호사성藝苑居然好事成　　　예술계가 그러하듯 좋은 일이 이루어지도다.

　언젠가 다시 항주를 찾아 전당대교錢塘大橋 위에서 이 절강추도를 한번 보길 희망합니다. 항주 시내 곳곳에 이 시의 한 구절인 '최억시항주最憶是杭州 가장 그리운 건 바로 항주'라는 홍보판이 크게 붙어 있었습니다. 뿐만 아니라 '항주의 10대 야경'이라며 장교탑영長橋塔影, 호빈수악湖濱水樂, 하방예광河坊霓光, 전당추월錢塘追月, 일월동휘日月同輝, 산각람휘山閣覽輝, 상호하몽湘湖夏夢, 서계어화西溪漁火, 운하류영运河流影을 나열하더니 마지막에 최억항주最憶杭州라며 이 시의 구절로 밤의 항주를 자랑하고 있었습니다.

　아울러 옛 서호10경, 소제춘효蘇堤春曉, 곡원풍하曲院風荷, 평호추월平湖秋月, 단교잔설斷橋殘雪, 뇌봉석조雷峰夕照, 쌍봉삽운雙峰插雲, 유랑문앵柳浪聞鶯, 화항관어花港觀魚, 삼담인월三潭印月, 남병만종南屛晚鐘과 1984년《항주일보》에서 선정 작업을 한 신서호10경新西湖十景, 운서죽경云栖竹径, 만룡계우满陇桂雨, 호포몽천虎跑梦泉, 용정문차龙井问茶, 구계연수九溪烟树, 오산천풍吴山天风, 완돈환벽阮墩环碧, 황룡토취黄龙吐翠, 옥황비운玉皇飞云, 보석류하宝石流霞, 그리고 2007년에 열린 제9회 서호박람회 개막식에서 항주시위 왕국평 서기가 세 번째로 선정한 신서호10경新西湖十景, 영은선종灵隐禅踪, 육화청도六和听涛, 악묘서하岳墓栖

霞, 호빈청우湖滨晴雨, 전사표충钱祠表忠, 만송서연万松书缘, 양제경행杨堤景行, 삼대운수三台云水, 매오춘조梅坞春早, 북가몽심北

街梦寻을 자료 삼아 함께 올립니다.

언제 같이 항주 한번 가십시다.

솔바람 소리, 계곡 물소리

추워졌습니다. 아침 운동 길에 은행나무 노란 잎을 우수수 떨어지게 하는 찬 바람이 코끝을 스칩니다. 문득 차중락車重樂의 노래가 생각나서 흥얼거리다가 "낙엽이 지면 꿈도 따라가는 줄 왜 몰랐던가."라는 대목에 코끝이 진하게 싸해집니다.

망제忘題   제목을 잊다
— 양응정梁應鼎

녹수금림학綠水琴林壑   푸른 물은 골짝 숲의 거문고

단풍금객의丹楓錦客衣   붉은 단풍은 나그네의 비단옷

석양산하로夕陽山下路   저녁 빛에 산 아랫길로

금여백운귀今與白雲歸   지금 흰 구름 함께 돌아가리.

양응정(조선朝鮮1519중종中宗14~1581선조宣祖14)은 부친 양팽손梁彭孫이 기묘사화己卯士禍 때 정암靜庵 조광조趙光祖, 충암冲庵 김정金淨 등을 위해 소두疏頭로 항소抗疏하여 기묘당적己卯黨藉에 연류 삭직削職되고, 정암이 사사賜死되자 시신을 수습한 일 등으로 은둔할 수밖에 없었던, 온 집안에 사화가 뼈저리게 각인된 인물입니다. 문장추구의 집념에 척신戚臣과 갈등, 절조節操의 삶 추구, 회재불우懷才不遇의 심정을 변새풍邊塞風의 시로 표출한 시인입니다. 석천石川 임억령林億齡을 스승으로 삼고 정철鄭澈, 김성원金成遠 등과 그 당시 호남 문단을 대표하던 식영정息影亭 문단文壇의 문인이었습니다.

한시 한 수 더 읽습니다.

독목교獨木橋

— 김시습金時習

외나무다리

소교횡단벽파심小橋橫斷碧波潯

인도부람취애심人渡浮嵐翠靄深

양안선화경우윤兩岸蘚花經雨潤

천봉추색의운침千峰秋色倚雲侵

계성타출무생화溪聲打出無生話

송운탄성태고금松韻彈成太古琴

차거정려지부원此去精廬知不遠

원제백월시동림猿啼白月是東林

작은 외나무다리 푸른 물에 가로 걸쳐 있고

하늘거리는 이내 건너니 푸른 노을 깊다.

양 언덕 이끼는 보슬비에 반짝이고

뭇 봉우리 가을빛은 구름에 잠겼는데

시냇물 소리 무생의 이야기를 치고 나오고

솔바람 소리 태고의 거문고를 탄다.

그 절 여기서 멀지 않겠거니

밝은 달 아래 잔나비 우는 바로 동림사.

김시습(조선朝鮮1435세종世宗17~1493성종成宗24)의 본관은 강릉, 자는 열경悅卿, 호는 매월당梅月堂, 동봉東峰, 동봉은자東峰隱者, 벽산청은碧山淸隱, 췌세옹贅世翁, 청한자淸寒子 등을 쓰고, 법호法號는 설잠雪岑이며, 시호는 청간淸簡입니다. 어릴 적부터 신동이었고, 수양대군首陽大君의 왕위 찬탈에 불만을 품고 은둔생활을 하다 승려가 되었으며, 일설에는 그가 사육신의 시신을 몰래 수습하여 노량진에 암장했다는 이야기가 도는, 해동海東의 백이伯夷라 불리던 생육신입니다.

중국에는 백거이白居易가 초당草堂을 짓고 〈비파행琵琶行〉 등의 시가詩歌를 읊었던 여산廬山 동림사東林寺가 있고, 우리나라에는 김해 신어산神魚山에 가락국駕洛國 초기 김수로왕金首露王의 왕비인 허왕후의 오빠 장유화상長游和尙이 창건한 동림사東林寺가 있습니다. 매월당이 어느 동림사를 염두에 두었을까요?

마당 가득 단풍잎 날리고

음력 십일월 이십칠일陰曆十一月二十七日 동지 전일冬至前日 고치와어과천즉사高峙窩於果川卽事

음력 11월 27일, 동지 전날 과천 높은 곳 움막에서

— 콩밝倥朴

동래만지락풍비冬來滿地落楓飛 ○○●●●○◎   겨울이 와서 마당 가득 단풍잎 날리고

엄사종성모조귀掩寺鐘聲暮鳥歸 ●●○○●●◎   보이지 않는 절집 종소리에 저녁 새 돌아간다.

산보공림한월소散步空林寒月素 ●●○○○●●   썰렁한 숲 산보하니 차가운 달은 조그만데

시관독좌원산미柴關獨坐遠山微 ○○●●●○◎   사립문 닫고 홀로 앉으니 먼 산이 희미하다.

(칠언절구七言絶句 평기식平起式 미운微韻)

찬 바람에 낙엽들이 이리저리 뒹굴고 있습니다. 땅거미 지자 차가운 달이 떠오르고, 스산한 심경心境에 멀리 산들이 어둑어둑 희미해집니다. 또 한 해가 하릴없이 저물어 갑니다. 예전 글들을 끄집어내 봅니다. 양력으로 2011년 12월 21일 밤에 지으며 제목을 저리 붙였

겠지요. 즉사卽事는 바로 당장에 보거나 듣거나 한 일입니다.

　　노랫말이나 시조가 악부시樂府詩로 한역되기도 하고, 또 한시를 시조로 노래하기도 해서 저도 한번 시도해 봤습니다. 평시조로 불러 보니 맛이 그리 나쁘지 않습니다.

　　동래만지冬來滿地 낙풍비落楓飛요 엄사종성掩寺鐘聲에 모조귀暮鳥歸라

　　빈숲에 산보散步하니 소월素月은 차가운데

　　관시문關柴門 독좌獨坐하니 먼 산이 희미하다.

　　— 콩밝倥朴(2011)

눈이 오는데 한잔하지 않을 수 있소?

눈 풀풀 접심홍蝶尋紅이요 술 튱튱 의부백蟻浮白을

거문고 당당 노뢰ᄒ니 두룸이 둥둥 춤을 춘다.

아희兒孀야 시문柴門에 기 즞즈니 벗 오시나 보아라.

— 김영金煐,《아악부본雅樂部本 여창류취女唱類聚 186》

접심홍蝶尋紅은 꽃 찾는 나비입니다. 의부백蟻浮白은 하얗게 떠서 바글거리는 개미를 말하지요. 술 익을 때 나는 소리가 마치 개미가 바글거리는 소리 같아서 이리 표현했겠지요. 시문柴門은 사립문이구요.

김영(생몰연도 미상)의 자는 경명景明, 본관은 해풍海豊으로 정조正祖의 시종무신侍從武臣 출신입니다. 형조판서刑曹判書에 이르렀습니다. 아버지는 영조, 정조 대에 병마사兵馬使, 포도대장捕盜大將, 훈령원정訓鍊院正 등을 지낸 김상옥金相玉입니다. 시조가 7수 전합니다.

눈 오고 술 익으니 벗을 기다린다. 고금古수을 막론하고 너무나 자연스럽고 당연한 이야기입니다.

문유십구問劉十九

— 백거이白居易

녹의신배주綠蟻新醅酒

홍니소화로紅泥小火爐

만래천욕설晚來天欲雪

능음일배무能飲一杯無

유형에게 알리다

새로 담근 술은 익어 보글거리고

작은 화로는 빨갛게 이글거리오.

해질녘 눈이 올 것 같으니

술 한잔하지 않을 수 있겠소?

239

눈이 오니 화롯불에 밤 구워 주시던 엄마 생각이 나는군요.

창窓밖에 눈 나려 세상世上은 설여해雪如海요

먼 산에 부엉이는 제 이름 부르는데

질화로 소율향燒栗香에 고운 님 그립고나.

— 콩밝倥朴(2014)

먼 숲에서 하얀 연기 피어오른다

쥐새끼 분탕焚蕩으로 물길 산길 휘젓더니

미친 닭 광곡성狂哭聲에 새벽길이 섬득쿠나.

아희야 닭 잡아라, 달 밝은 날 안주 하자.

— 콩밝倥朴 (2016)

올 한 해 희망이 어드메쯤 있을까 마음 졸인 날들이었습니다. "대통령 박근혜를 파면한다." 그 또렷한 목소리가 아직도 귀를 울립니다.

촛불항쟁의 완성과 핵 없는 평화로운 한반도를 꿈꾸며 새해를 맞습니다.

신설新雪　　　　　　　　　　첫눈

— 이숭인李崇仁

창망세모천蒼茫歲暮天　　　　아스라이 파르라한 세밑에

신설편산천新雪遍山川　　　　첫눈이 산과 내에 두루 덮여

조실산중목鳥失山中木　　　　새들은 산속 나무 잃었고

승심석상천僧尋石上泉　　　　스님은 바윗가 샘물 찾는데

기오제야외飢烏啼野外　　　　까마귀는 들판 밖에 주려 우짖고

동류와계변凍柳臥溪邊　　　　버드나무는 시냇가에 얼어 누웠다.

하처인가재何處人家在　　　　인가들은 어드메쯤 있는 것일까?

원림생백연遠林生白煙　　　　먼 숲에서 하얀 연기 피어오른다.

　　이숭인(고려高麗1347충목왕忠穆王3~조선朝鮮1392태조太祖1)은 고려 말기의 학자입니다. 경상북도 성주 출신이구요, 본관 역시 성주입니다. 자는 자안子安, 호는 도은陶隱입니다. 목은牧隱 이색李穡, 포은圃隱 정몽주鄭夢周와 함께 고려의 삼은三隱으로 일컬어집니다. 공민왕恭愍王 때 어린 나이에 문과에 급제하여 숙옹부승肅雍府丞이 되며 벼슬길에 오르나 귀양살이와 복직을 반복하다가, 조선의 개국에 이르러 자기와 함께 처세하지 않은 데 앙심을 품은 정도전鄭道傳이 심복 황거정黃居正을 보내 유배지에서 장살杖殺합니다.

　　그는 타고난 자질이 뛰어나고 문사文辭가 전아典雅하여, 이색은 "이 사람의 문장은 중국에서 구할지라도 많이 얻지 못할 것이

다."라고 칭찬하였고, 명나라 태조太祖도 일찍이 그가 찬한 표문表文을 보고 "문사가 참으로 절실하다."라고 평가했으며, 중국의 사대부들도 그 저술을 보고 모두 탄복하였다고 합니다. 저서로는 《도은집陶隱集》이 있습니다. 그 서문에 의하면 생존시에 《관광집觀光集》《봉사록奉使錄》《도은재음고陶隱齋吟藁》 등을 지었다고 하나 지금은 전하지 않습니다.

기쁨일랑 새해 맞아 쑥쑥 자라거라

새해맞이 한다고 옛 아파트 주민들과 어울려 전남 장흥에 갔습니다. 그 동네 유지有志의 도움으로 멋진 대접을 받았습니다. 장흥 한우와 키조개 관자, 그리고 표고버섯을 함께 구워 먹는 장흥 삼합도 맛있었고, 아침 장사를 하지도 않는 식당 문을 열게 해 매생이며 감태지며 돌게장이며 동네 사람들의 영혼이 깃든 음식을 맛보는 것 또한 멋진 경험이었습니다.

선보사찰禪寶寺刹 보림사寶林寺에서 주지스님이 청태전靑苔錢으로 끓여 주신 차를 맛보고, 소등도燒燈島란 작은 연육도連陸島를 지니고 있는 남포 마을에서 자연산 석화굴을 장작불에 구워 먹고 온몸에 연기 냄새 풍기며 그 굴로 끓인 떡국을 후루룩 먹어 본 것도 잊지 못할 추억이 되었습니다. 그리고 천관산 골짜기 하나를 가득 채운 우리나라 최대의 동백숲 군락지에서 아침 햇발에 온 골짜기 동백나무 잎이 반짝이는 장관을 보기도 했습니다.

소등섬 너머로 처음 떠오르는 해를 보겠다고 그리 많은 사람이 모여들 거라고는 상상도 못하며 새해 아침 해를 맞았습니다. 그리고 천관산天冠山에 올랐습니다. 우리나라 남쪽 바닷가에 이런 절경의 산이 있으리라고 생각도 못했습니다. 기암괴석 사이로 세계 어디에서도 볼 수 없는 섬 섬 섬 한려수도의 절경을 내려다보며 억새 가득한 산등성이를 품어 안는 맛은 정말 행복하더군요. 새해 첫날이라 더욱 그랬을 겁니다.

그곳에서 장흥 지역 주민의 재미있는 제안을 들었습니다. 장흥 간척지 일부를 파내서 천관산의 맑은 물이 장흥 앞바다와 만나는 갯벌과 기수역汽水域(brackish water area)을 다시 만들어 득량만得糧灣 물고기들의 산란장으로 되돌려주자는 제안을 하더군요. 우리나라 최초로 간척지를 다시 갯벌로 되돌리는 역사를 써 보고 싶다는 겁니다. 세상은 이렇게 바뀝니다.

악주수세岳州守歲   **악주에서 섣달그믐에**
— 장열張說

야풍취취무夜風吹醉舞   밤바람은 취한 이의 춤을 부추기고
정화대감가庭火對酣歌   모닥불은 거나한 이의 노래를 마주한다.
수축전년소愁逐前年少   근심일랑 지난해 쫓아 사라지고
환영금세다歡迎今歲多   기쁨일랑 새해 맞아 쑥쑥 자라거라.

악주岳州는 악양루岳陽樓가 있는 호남성 악양시를 말합니다. 장열이 악주자사岳州刺史를 지낸 일이 있습니다. 수세守歲는 섣달그믐날 밤에 신발 감추어 두고 밤새워 지키는 풍습을 말합니다. 이날 자면 눈썹이 센다고 하지요. 감酣은 주연최중酒宴最中 술자리가 최고로 무르익었을 때, 락주불취樂酒不醉 술을 즐기되 취하지 않은 상태, 주락음치酒樂飲治 술을 즐기며 마시는 것을 잘 관리하는 것을 말하는가 봅니다. 그래서 감가酣歌는 술을 마시며 흥에 겨워 즐겁게 부르는 노래를 말합니다.

늘 기쁨 가득히 웃음 끊이지 않는 한 해 맞으시기 바랍니다.

방울방울

암을 이겨 낸다는 약물 방울이 방울져 내리는 것을 쳐다보다가 질끈 눈을 감았다 뜨면 고통 없는 순간이 오리란 작은 희망을 다시 부여잡습니다. 문득 권필權韠(조선朝鮮1569선조宣祖2~1612광해군光海君4)의 〈적적滴滴 방울방울〉이란 시가 생각났습니다.

적적안중루滴滴眼中淚	그렁그렁 눈엔 눈물
영영지상화盈盈枝上花	벙긋벙긋 가지엔 꽃
춘풍취한거春風吹恨去	봄바람아 한스러움 불어가렴.
일야도천애一夜到天涯	하룻밤에 하늘 끝까지 이르도록.

석주石洲 권필은 앞에서 몇 번 소개했습니다. 친구의 책 표지에 쓰인 시 한 편이 광해군光海君의 격노를 사 친국親鞫을 받고 유배 가다가, 들것에 실려 동대문을 나선 뒤 갈증이 심하다며 마신 막걸리에 장독이 솟구쳐 죽었다는 바로 그 인물입니다. 적적滴滴은 '방울방울'이겠지만, 안중眼中이라 '그렁그렁'이라 풀었습니다.

햐, 요즘 항암제가 많이 편해졌다지만 아주 드물게 나타난다는 부작용까지 겹치니 정말 많이 힘들군요. 어느 날 갑자기 술맛이 없더라니, 그걸 눈치 못 채고 병을 키웠네요. 콜란지오칼시노마cholangiocalcinoma, 간으로 전이된 담도세포암이랍니다. 두루 미리 건강 잘 챙기십시오.

별서別墅를 꿈꾸다

몽섬호변별서夢蟾湖邊別墅
— 콩밝倥朴

남한강가 별서를 꿈꾸다

고반와독좌考槃窩獨坐 ●○○●●　　고반와에 홀로 앉아

반야대창강半夜對滄江 ●●●○◎　　깊은 밤에 찬 강을 마주하네.

명월청파도明月淸波渡 ○●○○●　　밝은 달이 맑은 물결을 건너오더니

조래표의창照來髟倚窓 ●○○●◎　　창에 기댄 희끗희끗한 머리를 비추는구나.

섬蟾은 두꺼비로 달빛을 상징합니다. 섬호蟾湖는 충주댐을 지나 여주를 향하는 남한강을 말합니다. 별서別墅는 시골에 따로 지어둔 농막입니다. 고반考槃은《시경詩經》위풍衛風에 나오는 말로 은거隱居하여 산수山水 사이를 노니는 것을 말합니다. 와窩는 움집입니다. 표髟는 희끗희끗한 머리, 반백의 머리칼이지요.

강가에 조그마한 움막이라도 지어 놓고 세상살이 다 내려 두고 숨어 살고 싶어 미리 집 이름을 고반와考槃窩라 지어 두었지요. 지금은 고반와考槃瓦라 바꾸었지만 꿈을 실현시키지 못했습니다. 몸까지 아프니 그냥 꿈이었네요. 평기식平起式 오언절구五言絶句로 강운江韻입니다. 2012년에 끄적거려 놓은 시입니다.

긴 대엔 맑고 맑은 바람 불고

실상사實相寺 약수암藥水庵은 지리산 북쪽 자락에 있는 자그마한 암자입니다. 보물 421호 목각탱木刻幀이 있는 곳이지요. 불교박물관 관장이셨던 일과첩망재一過輒忘齋 홍선興善 스님이 계신 곳입니다. 보광전普光殿 목각탱 앞에 앉아 내려다보면 잘생긴 대밭이 있고 그 앞마당 모서리에 오래된 매화가 두 그루 있습니다.

몸이 힘들어지니 왜 그리 냄새에 민감해지는지요. 아픈 사람 공기 좋은 데 찾는다는 게 이런 거였구나 싶습니다. 봄맞이 겸 매화 보러 내려가노라 기별해 두었습니다. 매향梅香 그윽한 달 떠오른 약수암 마당에 앉아 평시조창 한번 하면 좋을 것 같습니다.

수죽脩竹엔 청청풍清淸風ᄒ고 소월素月은 괘공산掛空山ᄒᄂ데
어디선가 접동이는 불여귀不如歸라 제혈啼血ᄒ니
만리타향萬里他鄕 나그네는 잠들 길이 없고야.
― 콩밝倥朴(2014)

억지 한역해 봤습니다.

고체 절역 시조 타향수

시조를 한역한 고체시 절구, 타향의 시름

古體絶譯時調他鄉愁

수죽청청풍脩竹清清風

긴 대엔 맑고 맑은 바람 불고

소월괘공산素月掛空山

하얀 달은 빈산에 걸렸는데

제혈불여귀啼血不如歸

접동이는 돌아감만 못하다고 피 토하며 울어예니

만리객면난萬里客眠難

만리타향 나그네는 잠들 수가 없구나.

봄밤에 이는 흥취

한중잡영閑中雜詠　　　　　　　　**한가한 속에 이리저리 읊다**

— 원감국사圓鑑國師 충지冲止

권박인산색卷箔引山色　　　　　　발을 걷어 산빛을 끌어들이고

연통분간성連筒分澗聲　　　　　　대롱을 연결해 시냇물 소리를 나눈다.

종조소인도終朝少人到　　　　　　아침 내내 찾아오는 이 없고

두우자호명杜宇自呼名　　　　　　접동이만 제 이름을 부르는구나.

봄입니다. 더 맞이할 봄이 없는 줄 아니 더욱 시름이 깊습니다. 봄을 맞으러 남쪽으로 향했습니다. 들뜬 기분에 운전대도 직접 잡았습니다. 승주 선암사仙巖寺 600년 된 고매古梅를 만나고 장흥 천관산 동백숲으로 해서 지리산 실상사實相寺 약수암藥水庵에서 며칠 묵다 왔습니다.

마침 절집 바위 축대에 이끼를 따라 약수가 흐릅니다. 대통을 연결해 계곡 물소리를 연출해 봅니다. 제법 운치가 삽니다. 적막한 봄 절집 마당에 은은한 매화 향기 깔리고, 멀리 새소리까지 절집 고요한 걸 일러 줍니다.

낙화落花 암향暗香이 만공천滿空天ᄒ니

춘야春夜에 이는 흥취興趣 어쩔 줄을 모르겠다.

아희兒禧야, 급急ᄒ다 주호酒壺 찾아니어라.

— 콩밝佮朴(2015)

산에 노닐다

유산遊山

— 진각국사眞覺國師 혜심慧諶

산에 노닐다

임계탁아족臨溪濯我足

간산청아목看山淸我目

차외갱하구此外更何求

불몽한영욕不夢閑榮辱

— 《무의자시집無衣子詩集》

개울을 만나면 발을 씻고

산을 보며 눈을 맑게 한다.

이밖에 다시 무엇을 구하랴.

부질없이 영욕을 꿈꾸지 않으니.

영욕榮辱은 영예榮譽와 치욕恥辱이지요.

진각국사(고려高麗1178명종明宗8~1234고종高宗21)의 자는 영을永乙이고, 호는 무의자無衣子이며, 혜심慧諶은 법명法名입니다. 진각국사는 시호諡號이고, 탑호塔號는 원소圓炤인데, 전라남도 승주군 송광사松廣寺에 비석이 있습니다. 《무의자시집》은 고려

고종 때 진각국사 혜심이 지은 시문집詩文集입니다. 2권 1책으로 필사본입니다. 일본 고마자와대학駒澤大學 도서관에 소장되어 있습니다. 〈죽존자전竹尊者傳〉〈빙도자전氷道者傳〉 등 산문도 함께 수록되어 있습니다.

항암주사 맞는 터울에 다시 지리산 실상사 약수암에 내려와 있습니다. 며칠 사이에 매화며 산수유며 돌배나무가 꽃잎을 다 날려버리고 무심한 새들만 지저귑니다. 가는 봄이 서러워 새소리만 탓합니다.

낙화落花
— 콩밝倥朴 (2018)

울 밑 장독가
돌배나무 우듬지
쯔비치 쯔비치 쯔비

절집 마당
채마밭엔
수선화만 피어 있다
쯔비치 쯔비치 쯔비

봄날 저녁

산그늘

쯔비치 쯔비치 쯔비

설움에 겨워

쯔비치 쯔비치 쯔비

콩밝 송학선의 이름 이야기

소나무〔松〕에 학(鶴)이 날아오고 그 아래 신선〔仙〕이 한가히 앉아 있는 모습을 그림으로 그려 선거 홍보책자에 사용해 볼까 하는 생각을 잠시 한 적이 있습니다. 제 이름이 송학선이거든요. 저희 집 어른께서 저를 낳고 여덟 번째 막내 놈이라 생각하시고 '길 영(永)' 자를 넣어 이름을 지을까 하셨는데, 지나가시던 허연 수염을 휘날리는 노인 한 분이 학선으로 하라 하셨답니다. 그래서 제 이름을 '새 학(鶴)'에 '착할 선(善)' 자로 씁니다.

어릴 적에는 네 명의 형들과 세 명의 누나들 덕분에 '쫑말이' 또는 '막내'로 불리었습니다. 초등학교 시절에는 부끄럼 잘 타고 숫기 없는 아이로 '색시' 또는 '송아지'라는 별명을 얻었습니다. 초등학교 6학년 담임선생께서 일본말 잘하시는 게 자랑스러우셨던지 제 이름으로 '쇼 가꾸제이'라는 일본식 소리내기를 가르쳐 주시기도 하셨습니다.

유신시절 대학을 8년 다니는 여유 덕분에 대구에서 붓글씨를 조금 배운 적이 있습니다. 붓글씨 스승은 긍농肯農 선생이셨는데 이분께서 박대통령 형님 비석 글을 써준 일이 있으셨던 모양입니다. 그 때문인지 당신 글을 알아주신 대통령을 너무나 흠모하는 나머지 삼선개헌 국민투표 찬성률을 99%까지 올려 세계만방에 알려야 한다고 하셨습니다. 그 바람에 제가 서실書室 분위기를 망쳐 버렸지요.

울며 박박 대드는 젊은 놈의 버릇을 두고두고 고칠 심산이셨던지 그 며칠 후 호號를 하나 지어 주시는데 "우신又新 우신又新, 또 우신又新이라. 너는 우신으로 호를 삼아라." 하셨습니다. 하기야 '유신維新'을 호로 하라

안 하신 게 이상할 지경이었지요. 물론 돌아서서 콧방귀로 '유신'과 '우신'을 날려 버렸습니다.

그러고는 건방을 떨기 시작했지요. 불알친구 놈들과 술자리에서 아호雅號 짓기를 했습니다. 성경을 옆에 끼고 막걸리를 벌컥벌컥 들이키는 친구 놈에게 발작鉢酌이라 지어 줬습니다. 중 밥그릇 '발' 자에 술 칠 '작' 자니 네놈 신가辛哥 성과 어울리지 않느냐? 신발작辛鉢酌! 그러자 옆에 박가 성 가진 놈은 재기才己가 좋다 했습니다. 박재기朴才己! 경상도 사투리로 바가지가 박재기거든요. 그 옆에 이가 성 가진 놈은 발사拔私가 좋다 했습니다. 이발사李拔私! 이어 양楊가 성 가진 놈은 제 성을 풀어 목양木陽이라 했고, 저는 단촌檀村이라 했습니다. 박달나무 '단'에 마을 '촌', 단촌檀村이라 지어 놓고 보니 어쩐지 국수주의자 같은 맛이 풍기는 듯하여 찜찜한 판에 둘째 형님께서 '붉을 단(丹)' 자 단촌丹村으로 하는 것이 획수가 좋다 하여 그리 바꾸어 쓰기도 했습니다.

결혼하고 제가 치과 수련의로 근무하고 있는 병원에 배부른 집사람이 첫아기 낳으러 갈 적에 만화 한 권을 챙겨 가더니 분만실에서 의사와 간호원들에게 이렇게 이야기했답니다. "우리는 벌써 아기 이름을 지어 놓았습니다. 첫째는 '사리'구요, 둘째는 '아지'구요, 셋째는 '곤니', 넷째는 '충이'랍니다." 분만실 수간호사가 산모가 의사 웃기는 건 처음이었다며 전해 준 이야기였습니다. 저를 '송사리 아빠'라 부르면서요.

그래서 첫째 놈 아명이 사리史里구요, 둘째 놈은 아지가 아니라 아리亞里라 부릅니다. 호적에 오른 '큰물 준(浚)' 자 '법 식(式)' 자를 쓰는 이름의 뜻으로는 도도히 흐르는 역사의 강물이니 이놈의 '사기 사(史)' 자 '고을 리(里)' 자와 매우 어울린다고 설명해 줬더니 제 놈 덩치에 송사리라 놀릴 놈이 없다 싶었는지 그냥 잘 받아들였습니다. 둘째 놈 준규浚圭는 한아름 가득 꽃묶음이니 '송아리'가 어떠냐 했더니 제 형이 '사리'요 제가 '아리'라 '리' 자 돌림이 당연했던지 또 그냥 받아들였습니다. 나중에 소설 쓰시는 이윤기 선생께서 아리와 사리가 바뀌었다고 아쉬워 하셨습니다. 아리아리랑 스리스리랑이 아니냐구요.

265

건강사회를 위한 치과의사회 활동 중에 접하게 된 컴퓨터 통신은 아이디로 영어 이름을 요구했습니다. '학선'과 비슷한 발음이다 싶어 'hotsun'으로 등록하려 했더니 이미 다른 사람이 이 아이디를 사용하고 있었습니다. '뜨거운 태양'이란 뜻이 너무 건방지다 싶은 차에 제 성 '송'의 약자 이니셜 's'를 붙여 복수형을 만듦으로써 덜 건방져 보이기로 했습니다. 그래서 'hotsuns'가 제 아이디가 되었습니다. 그리고 진보적인 단체들이 함께 사용하는 '참세상'이란 BBS에는 글을 마치면 사인을 넣게 되어 있어 제 성 'song'까지 이용해서 '맑은 햇살의 노래'라는 사인을 사용하기도 했습니다. 그리고 제 집사람 성씨가 문(moon)이라 'hotsuns'와 대비된 'coolmoon'을 아이디로 정해 주기도 했습니다. 인터넷 덕에 수많은 사람들이 새 이름 아이디 짓기를 했으니 'coolmoon'이 그때까지 남아 있을 리가 없지요. 그래서 달노래 'lunasong'으로 지었습니다. 그러고는 '은은한 달빛에 돌돌 물노래'라는 사인을 쓰기도 했습니다. 하이텔에 한글 아이디가 사용 가능해져서 '햇발노래'를 새 아이디로 등록할까 하다가 그만둔 적도 있습니다.

집사람 이름 이야기가 나온 김에 더 하겠습니다. 한 20년 전쯤인가요. 과천에서 동네 할아버지가 한문을 배우신다고 서당을 다니더니 하루는 호를 하나 얻어 왔더군요. 한참 웃었습니다. '초월'이라나요. 그래서 다른 아줌마들은 무슨 호를 지어 주시더냐 물었더니 더욱 가관이더군요. '명월이' '매월이' '향월이'……. 하하하.

함께 그리스, 터키, 이집트를 여행하고는 계속 만나며 즐겁게 세상 바꾸기를 하겠다는 모임이 있습니다. '아르고나우따이argonautai'라구요. 이윤기 선생이 이름을 지으셨습니다. 유홍준 선생이 반대를 하신 이름이지만, 그냥 사용하고 있습니다. 많은 영웅들이 이아손과 함께 황금 모피를 찾아 타고 가는 배 이름이 아르고 호입니다. 나우따이는 네비게이트, 항해하는 사람들이란 뜻입니다. 그러니까 아르고 호를 타고 항해하는 사람들, 즉 새로운 세상의 정체성을 찾아 떠나는 사람들이란 뜻이지요. 그 아르고나우따이에서 집사람 호를 새로 지어 줬습니다. 차강次岡이라구요. 한자의 뜻은 '저 언덕'이란 뜻이고, 몽골어로 차강은 '희다'는 뜻입니다. 요즘은 차강茶岡으로 쓰고 있습니다.

제가 사는 과천에서 이웃들과 지역 운동을 시작한 지도 제법 되었고, 본적本籍도 과천으로 옮겼고, 이래저래 과천에 대한 애정도 표현하고 싶고 해서 '과천'을 '여름내'로 풀어 쓰며 한글 호로 삼아 볼까 생각도 했습니다. "뿌리 기픈 남곤 바름에 아늬 밀세 곳 조코 여름 하나니." 〈용비어천가〉에 나오는 구절입니다. '여름'은 열매, 즉 과일을 뜻합니다. 그래서 '열매 과(果)' '내 천(川)'을 '여름내'로 바꾼 겁니다. 그러나 제 별명으로 쓰지는 못하고 과천환경운동연합 소식지 제호를 '여름내 소식'으로 썼습니다.

환경 운동에 몸담고 있을 때 쓰고 싶었던 호는 '콩세알'이었습니다. 콩은 우리나라가 종주국이랍니다. "옛 어른들은 콩을 심을 때 한 구멍에 세 알씩 심었습니다. 벌레에게 한 알, 새에게 한 알, 그리고 우리 인간이 먹을 한 알이었습니다. 현대에 와서 나누지 않고 독점하려니까 농약을 치게 되고 그래서 결국은 우리 스스로를 죽이게 되지요. 더불어 함께 사는 삶, 자연과 함께 나누는 삶이 참인간의 삶입니다." 농부에게서 배운 콩세알 철학입니다. 이제는 콩세알튼튼예방치과 이름이 되었군요.

좌우명처럼 쓰는 '한결 새롬'이란 다음과 같은 설명이 따릅니다. 모든 존재가 화和요 역易입니다. 다른 무엇으로 바뀌지 않는 실체란 존재하지 않습니다. 사실은 '다른 무엇'으로 바뀌는 것이 아니라 '다른 모습'으로 바뀌는 것이지요. 한결같으면서 한결같은 바뀜〔易〕 새로움. 바로 도道입니다. 하느님이십니다. 자연이요 삼라만상입니다. 이를 따르는 우리 자신입니다.

예순 고개를 넘으면서 시작한 거문고에도 이름을 지어 붙였습니다. 소호금少昊琴 요요陶陶. 별호도 바뀜을 계속하며 진화하나 봅니다. '콩세알'이 '삼두재三荳齋'로 '세알콩깍지'로, '삼두기三豆其'로 '콩밝佺朴'으로 진화했습니다. '숙재菽齋'도 가끔 쓰구요. '우숙愚菽', 어리석은 콩도 써 볼까 합니다.

그러고 보니 이름을 참 많이도 지어 가졌습니다. 나열해 볼까요. 자字는 충화沖和. 호號는 콩밝佺朴,

콩밝空樸, 삼두재三荳齋, 숙재菽齋, 숙암菽庵, 기은其隱, 단촌檀村, 단촌丹邨, 로보嚕甫, 둔보툰甫, 둔보芚甫, 우숙愚菽, 삼로당三嚕堂, 고반와考槃瓦, 곽음藿陰, 콩세알, 세알콩깍지, 췌우옹贅疣翁. 그리고 숲속으로 숨어 살기를 염원하여 남한강가에 농막 하나를 꿈꾸며 고반와考槃瓦, 려운암犁雲庵, 간지관艮止觀, 소금정素琴亭, 삼두재三荳齋, 졸묵헌拙墨軒 따위 택호도 미리 마련해 두고 있습니다. 꿈만 꾸다가 죽을 것 같긴 합니다만……

충화沖和라는 자字를 설명드립니다. 충沖은 '비어 있다' '공허하다'는 뜻 외에 '깊다' '온화하다' '부드럽고 따뜻하다' '높이 날다' '어리다' '부딪치다' '용솟음치다' 등의 뜻도 가지고 있습니다. 화和는 '온화하다' '온순하고 인자하다' '화목하다' '서로 사이가 좋다' '조화되고 순조롭다' '따뜻하다' '서로 응하다' '합치다'는 뜻입니다.

스스로를 잊고 자연을 따르면 만물의 제왕이 되기에 알맞다고 이야기하는 《장자莊子》내편內篇 응제왕應帝王에 태충막승太沖莫勝이란 구절이 있습니다. 충沖은 '비다' '공허하다' '가운데' '중간' '깊다'는 뜻이고, 막승莫勝은 '이길 것이 없음', 즉 평등하고 무차별하다는 뜻입니다. 그러니 대허무승大虛無勝 차별이 없는 커다란 허무虛無란 뜻입니다. 《노자老子》도덕경道德經 45장에는 "대성약결大成若缺 완전한 것은 결함이 있는 듯하다. 기용불폐其用不弊 써도 닳지 않고, 대영약충大盈若沖 가득 찬 것은 비어 있는 듯하다. 기용불궁其用不窮 써도 끝이 없다."라고 했습니다. 그래서 충화沖和는 '써도 끝이 없는 비어 있음', 즉 원기元氣, 정기精氣를 나타내기도 합니다. 또 현재 중국에서 화和는 영어로 'and', 우리말로 '~와, 그리고'의 뜻으로 쓰고 있지요. 그래서 또한 충화沖和는 '비어 있고 그리고'로 풀어도 좋을 듯합니다.

또 '콩밝'이 무어냐고 궁금해 하셔서 몇 자 적습니다. 원래 '빌 공(空)'에 '순박할 박(朴)'을 쓰며 콩밝으로 읽었드랬습니다. 역시 《장자》내편 응제왕의 한 구절을 인용합니다. "어사무여친於事無與親 세상일에 좋아하고 싫어함이 없음, 즉 일이 생기는 데 따라 응하되, 유달리 기뻐 좋아하거나 싫어 미워함이 없고, 조탁복박雕琢復朴 허식을 깎아 버리고 본래의 소박함으로 돌아가, 괴연독이기형입塊然獨以其形立 무심히 홀로 그 형체만 서 있으면서, 분이봉재紛而封哉 갖가지 일이 일어나도 얽매이지 않으면, 다시 말해 무짐無朕의 경지에 이르러 즉 아무런 장애도 없는 자유로운 마음의 경지에 이르러 스스로를 잊고 자연을 따르면 만물의 제왕이 되기에 알맞다."고 했습니다. 이것이 콩밝空朴을 호로 삼는 소이연所以然이었습니다. 호號도 진화하지요. 그래서 지금은 '어리석을 공倥'을 쓰며 어리석고 멍청한 놈이란 뜻으로 콩밝倥朴을 씁니다. 아, 왜 '콩'이냐구요? 우리나라가 콩의 종주국이기도 하고, 콩을 좋아하기도 하지만, 제가 콩알처럼 작고 잘거든요.

또 '밝'이 뭐냐구요? 밝다는 겁니다. 장천하어천하藏天下於天下라 천하를 천하에 감춘다. 이것이 밝은 것일 겁니다. '밝'의 어원은 옛 몽골 사람들이 세계 곳곳에 정해 두고 경배한 보르항 산, 러시아에서 '부르칸'이라 부르는 산, 그리스에서 아크로폴리스, 투르크에서 '악'이라 부르는, 우리는 흘屹 또 태백太白이라 부르는, 육당六堂 최남선崔南善이 '불함문화'라 주장하던 그것입니다.

사실 저 같은 놈이 아호를 지어 간직한다는 것이 스잘대가리 없는 짓거리요 사치스런 욕심이거니 하지만, 그래도 멋지고 존경스런 어른들의 호를 대할 때면 흉내 내고 싶은 것이 어쩔 수 없는 일이라며 위안 겸 핑계 대고 있습니다. 물론 제가 지어 간직하는 이름 때문에라도 여러 어른들의 가르침에 충실하다면야 선인들께서도 이 시건방을 용서해 주시리라 생각합니다.

찾아읽기
(표시된 숫자는 차례에 표시된 장 번호입니다.)

봄비에 붓 적셔 복사꽃을 그린다
— 콩밭 송학선의 한시 산책

지은이 | 송학선

1판 1쇄 인쇄 | 2018년 8월 20일
1판 1쇄 발행 | 2018년 8월 28일

펴낸곳 | (주)지식노마드
펴낸이 | 김중현

등록번호 | 제313-2007-000148호
등록일자 | 2007. 7. 10
(04032) 서울특별시 마포구 양화로133, 1201호(서교동, 서교타워)
전화 | 02) 323-1410
팩스 | 02) 6499-1411
홈페이지 | knomad.co.kr
이메일 | knomad@knomad.co.kr

값 25,000원
ISBN 979-11-87481-45-4　02820